致永远的莎士比亚

穿越四百年来读你

莎士比亚十四行诗选读

爱之隽永

叶秀敏 编译

中国青年出版社

叶秀敏，笔名滚滚君，1970年生人，毕业于北京国际关系学院英文系。曾任职专业技术翻译16年。2008年转业至地方，已出版译作《阿西莫夫逸闻趣事》《弗兰奇寓所粉末之谜》《华生医生的秘密日记》《你随身的瑜伽教练》等。近年来钟情于诗歌翻译，闲暇时于滚滚红尘中提笔，译诗一二，随笔三四，收录成册，娱你娱我。

前言

去年暮春时节，滚滚君读到莎士比亚十四行诗第 73 首原诗，这是滚滚自英文系毕业二十余年后读到的第一首莎氏十四行。如果说这世界有着黑暗冰冷的肌理，那么莎氏十四行的唯美深情就是暗黑冰寒中微微的春风。

今年是莎士比亚逝世四百周年，滚滚君集结这册译诗，只为向不朽的经典致敬，将深情唯美的诗句与爱诗的你分享。本册译诗集按滚滚君读诗顺序收录莎士比亚十四行诗新译 20 首，莎氏十四行中广为传颂的第 18 首、第 73 首、第 108 首均有出彩新译。每首译诗附解读或随笔,文章诙谐幽默,与译诗的唯美相映成趣。这些解读或随笔不仅有助于理解莎氏十四行,亦会带来精彩的阅读体验。

古往今来,爱情是文学作品永恒的主题。如何优雅、含蓄、有内涵地表达情怀,歌颂爱情,莎氏十四行诗给出了经典答案。这版十四行译诗选读,解读与随笔轻松愉悦,译诗浅显易懂,滚滚君希望,哪怕是不太懂英文的读者,亦能跟随滚滚轻松读懂经典的莎氏十四行。

这世上最浪漫的事,可以是浪漫春光中的初相遇:"浮生里虚无的幻影,携你至我身旁;亭亭的年华粲粲,你是浮世里最美的春光。"也可以是漫漫长夜的独语:"狰狞的夜,你璀璨似珠玉,为暗夜添色,令她苍老的颜焕新。"还可以是与爱人执手斜阳的不离不弃:"愿君知我,情深深逾燕婉;惜取芳时,夕阳将奏离殇。"但最美的,滚滚君以为是:"那些我曾爱过的身影,如今都是你;你是他们的化身,完全俘获我的真心。"

滚滚君希望,你亦能选出最爱的一句十四行,送给心仪的那个 Ta。

滚滚君 2016.春

目录

引 子　　　　　　　　　　　　　　　　　　　001

第一篇　愿君知我，情深深逾燕婉　　　　　　005
　　　　惜取芳时，夕阳将奏离殇
　　　　——莎士比亚十四行诗第 73 首

第二篇　但你，只痴缠自己眸色的清亮　　　　023
　　　　自恋的焰火不息，独爱孤芳自赏
　　　　——莎士比亚十四行诗第 1 首

第三篇　当四十的寒霜，侵蚀眼角眉梢　　　　031
　　　　当岁月的沟壑，纵横花容月貌
　　　　——莎士比亚十四行诗第 2 首

第四篇　哪位多情少年愿凭栏独望　　　　　　039
　　　　任自恋的烟花将子嗣绝断
　　　　——莎士比亚十四行诗第 3 首

第五篇　流年的风景里，我三度经历　　　　　051
　　　　四月的芳菲，在六月的艳阳里开到荼蘼
　　　　——莎士比亚十四行诗第 104 首

第六篇	叹时光之步履，匆匆白驹过隙 引盛夏至严冬，囚芳华于肃寂 ——莎士比亚十四行诗第 5 首	*067*
第七篇	我细数时针的脚步，听光阴低语 见朗朗白昼坠入夜的狰狞 ——莎士比亚十四行诗第 12 首	*083*
第八篇	浮生里虚无的幻影，携你至我身旁 亭亭的年华粲粲，你是浮世里最美的春光 ——莎士比亚十四行诗第 15 首	*103*
第九篇	如果我能用诗句颂你明眸风光 用无尽的数字铭记你翩翩风采超凡 ——莎士比亚十四行诗第 17 首	*113*
第十篇	但你是永恒的盛夏，芳华常伴 风姿永驻，任时光苒苒 ——莎士比亚十四行诗第 18 首	*123*

第十一篇	四季的悲欢在你飞逝的身影中交替轮转 广袤的世界在你疾驰的步履间倍受摧残 ——莎士比亚十四行诗第 19 首	*131*
第十二篇	我镜中的容颜怎肯苍老 如果你的青春还在熠熠闪耀 ——莎士比亚十四行诗第 22 首	*139*
第十三篇	爱之默语请悉心读取 用双眼倾听,是爱情微妙的智趣 ——莎士比亚十四行诗第 23 首	*145*
第十四篇	我的双眼是一名画匠 将你倩影深铸我心版 ——莎士比亚十四行诗第 24 首	*155*
第十五篇	而幸福的我,与爱侣心心相印 我的心不变,爱人的情不移 ——莎士比亚十四行诗第 25 首	*163*

第十六篇	狰狞的夜，你璀璨似珠玉	*171*
	为暗夜添色，令她苍老的颜焕新	
	——莎士比亚十四行诗第 27 首	

第十七篇	白昼间奔波劳形，遥夜里相思焚心	*181*
	路漫漫我跋涉千里，与你相见却是无期	
	——莎士比亚十四行诗第 28 首	

第十八篇	可是，每当我想到你，亲爱的朋友	*189*
	失去的一切回复原样，悲伤亦止步于过往	
	——莎士比亚十四行诗第 30 首	

第十九篇	那些我曾爱过的身影，如今都是你	*197*
	你是他们的化身，完全俘获我的真心	
	——莎士比亚十四行诗第 31 首	

第二十篇	所有的白昼皆长夜，盲到我双眼望见你	*205*
	所有的暗夜皆光明，当你来临我的梦境	
	——莎士比亚十四行诗第 43 首	

引子

莎士比亚是欧洲文艺复兴时期最伟大的戏剧家和诗人,据文献记载,他的十四行诗约创作于1590-1598年间,诗作结构精巧,几乎每首诗都有独立的审美价值。诗集分为两部分,第一部分为前126首,献给一位年轻贵族,倾力讴歌了同性爱侣的美貌及他们的爱情;第二部分为第127首至最后,献给一位"黑女士",描写男女之爱(感觉莎大叔是欲盖弥彰)。

说起莎士比亚,大部分人熟悉的可能是《罗密欧与朱丽叶》《哈姆雷特》或《麦克白》,之所以熟悉可能是因为看了各种版本的电影电视剧,关注的也可能是哪版男女主角颜值更高、身材更好。莎士比亚十四行诗?原诗?呵呵……在这个看脸喝鸡汤追潮流的年代,估计只有英文系学生不得已才苦哈哈地被迫读个一二。仿佛我们当年,大学课堂上听老师讲莎翁作品,老师说它是经典(classic),浅薄的某滚却不知所以然,一心盼着早些下课。年轻就是这样,没阅历没经历,但很任性。经典的东西,是经得起时间检验的,你看不到它的好处,也许是因为自己不够好,配不上它。到了如今这岁数,再读莎氏十四行,滚滚君感受到了字词间的舒坦,细细读来,是老式的温婉和愉悦,让人想起大学周末舞会上的慢三,缓缓如春风拂面,但一个旋转,却又与暗夜花开的惊艳撞个满怀。

莎士比亚的十四行诗约一百四十余首,许多名家都出过完整的中译版。滚滚君不是专职译者,只能利用周末的空闲读读译译,大半年下来,只读了四十多首,挑拣出喜欢的译,也才译出这二十首。莎氏的十四行是流芳百年的经典,读译过程中,滚滚君认真学习了多位名家的译,感觉前辈的译诗大多拘泥于英文字面,逐字逐句皆正确,但通篇读下来,除了偶尔的出彩,原诗字词的美与情怀的优雅,几乎没有得到完整体现。打个比方,就像中文英译"月出惊山鸟,时鸣春涧中",这样富有画面感的诗句若到了平庸的英译里,再想读出"春夜山涧的幽静",或许是奢望。

曾有人质疑滚滚君：你一个从未到访过英伦的草根，凭着一本字典堆砌辞藻……滚滚君很不谦虚地呵呵道：一位译者能否译出精彩的莎氏十四行，真的与其是否到访过英伦有重大关系吗？你环游世界二百圈，在英国住上五十年，啊不，在白金汉宫住了五十年可好？若是中文功底差，中文遣词造句能力更差，再加上心中半点儿诗意全无，即便英文好上了天，能译出诗意的莎氏十四行？（滚滚君没去过英伦，连香港都没去过，你们随便骗她。）

滚滚君闲暇时好译诗，视之为足不出户就可以保健大脑、修身养性的零成本娱乐。诗歌篇幅短小，但语言凝练，优秀的诗大抵都浓缩了语言的精华。译文章本就是费脑的事，译精华应该更有助于锻炼大脑（这句话翻译一下就是：脑洞大你就多译诗）？据说单身汪患老年痴呆症的概率极高，其实不是单身令人老呆，罪魁祸首应该是不快乐和负面情绪。于某滚这样的天然呆而言，购物吃喝美容周游世界什么的已然不能令其神清气爽身心愉悦，若此时土豪于虚无中出现（确定不是土地爷？），抽出一千万（英镑或美元随便）现金啪啪啪甩脸上：拿去整容旅游买买买……滚滚君必然咽咽唾沫先，旋即颤声道：拿走你的钱……钱……钱，不要妨碍我……译诗（读"装十三"）。天上掉馅饼砸死人这样的事，滚滚君还是知道一二的。

尘世的生活充斥着各种琐屑与平庸，沉浮愈久愈麻木疲惫，但美好的诗词是紫陌红尘中遗世独立的花朵，闲暇时喝茶译诗，白云苍狗的岁月于滚滚君而言只是等闲。远方在天涯，而诗近在咫尺。木心说：在精神世界经历既久，物质世界的豪华威严实在无足惊异，凡为物质世界的豪华威严所震慑者，必是精神世界的陌路人。作为物质世界的一枚贫困汪，某滚为木老师点赞。

第一篇

愿君知我,情深深逾燕婉
惜取芳时,夕阳将奏离殇
——莎士比亚十四行诗第73首

滚滚君自英文系毕业二十余年后,在微信某公众号中读到了莎士比亚十四行诗的第73首原诗。为纪念与十四行的重逢,遂将其放在本诗集的第一篇。这首十四行,读来余韵袅袅,有一唱三叹之感;用词虽简洁,遣词造句却极为出色,营造出的画面层次丰富,色彩斑斓,字词间的意境,又十分的委婉温存。全诗在结构上组织严密,字词关系层层递进,通篇读来,真是满满的低调奢华有内涵。

莎士比亚十四行诗第 73 首 / 滚滚君译

我的人生,步入瑟瑟秋凉,
黄叶稀疏,寒风枝头舞荡。
歌台残垣,空忆鸟鸣婉转,
啁啾清越,唱尽依依残阳。

我的人生,步入夕阳唱晚,
日薄西山,暗夜渐浓渐长。
夜似幽冥,裹挟万物无尽,
万籁俱寂,唯余长夜漫漫。

我的人生,依稀星火闪闪,
青春已逝,余烬犹温未凉。
冥床寒寂,终将为我所往,
激情耗尽,此身虽逝无憾。

愿君知我,情深深逾燕婉,
惜取芳时,夕阳将奉离殇。

我的人生，依稀星火闪闪
青春已逝，余烬犹温未凉

滚滚君闲时,又译了个打酱油版的《水调歌头·吾心似秋凉》:

吾心似秋凉,黄叶枯枝上,瑟瑟寒风几许,枝头意阑珊。残坛昔日听曲,啁啾向晚清扬,婉转成空响。吾心残照里,日暮薄西山。

余晖褪,意疏凉,天欲晚。夜沉沉似幽冥,锁万物苍苍。吾心星火阑珊,青春余烬苒苒。纵将归去黄土,一冢掩尽风流,不悔意痴缠。愿君知吾心,殷勤抵离殇。

Sonnet 73

That time of year thou mayst in me behold

When yellow leaves, or none, or few, do hang

Upon those boughs which shake against the cold,

Bare ruin'd choirs, where late the sweet birds sang.

In me thou seest the twilight of such day

As after sunset fadeth in the west,

Which by and by black night doth take away,

Death's second self, that seals up all in rest.

In me thou see'st the glowing of such fire

That on the ashes of his youth doth lie,

As the death-bed whereon it must expire

Consumed with that which it was nourish'd by.

This thou perceivest, which makes thy love more strong,

To love that well which thou must leave ere long.

偶遇莎士比亚十四行诗第73首时，因译者用古体，有些字词滚滚君没读懂，于是下拉找原文，遂读到这首令人惊艳的原作。这首十四行，读来余韵袅袅，有一唱三叹之感；用词虽简洁，遣词造句却极为出色，营造出的画面层次丰富，色彩斑斓，而字词间的意境，却又十分的委婉温存。

头两段寄情于景：萧瑟秋寒里，残阳暮色中，无边暗夜处，无不萦绕着诗人对年华似水不可追的无奈、感伤与惆怅；第三段借物抒情，熹微星火间闪烁着诗人对爱的执着与坚持；结尾点题"夕阳近黄昏，望君多珍惜"，字词里萦绕着诗人欲语还休的情深意绵。全诗在结构上组织严密，字词关系层层递进，通篇读来，是满满的低调奢华有内涵。于这首诗中，滚滚君邂逅了一位迟暮的老派英国绅士：独立萧瑟西风中，于夕阳西下暮色渐浓时，唏嘘感怀。

这样的情境，让滚滚君联想到大清帝国的词人容若。西风里，有似曾相识的怅惘与雅致："谁念西风独自凉，萧萧黄叶闭疏窗，沉思往事立残阳。"（纳兰性德《浣溪沙》）大英帝国另有一位现代诗人狄兰·托马斯，写过一首《不要温顺地步入那漫长夜晚》（Do Not Go Gentle Into That Good Night）。这首诗，亦以暮年为主题，但在遣词造句、字词色彩与意境方面，却与莎翁十四行第73首风格迥异。

Do Not Go Gentle Into That Good Night

Do not go gentle into that good night,

Old age should burn and rave at close of day;

Rage, rage against the dying of the light.

《不要温顺地步入那漫长夜晚》／滚滚君译：

怎能温顺地步入那漫长夜晚？
虽是夕阳暮年，纵然渔舟唱晚，
熊熊燃烧吧！
只是余烬，亦要绽放璀璨光芒！
纵生命之光即逝，亦当逆光翱翔！

狄兰的字词激情狂放，散发着不羁与毁灭的气息，似暗夜里绽放的烟花，绚丽耀眼，追求的是燃尽生命里最后的一丝光彩。若要找位大中华帝国的词人来与之比拟，风格相近些的，有苏轼。但苏子的字词更偏豪放豁达，意境开阔大气而无毁灭夭折之相。苏子的《江城子·密州出猎》亦是一首抒发暮年情怀的佳作："老夫聊发少年狂，左牵黄，右擎苍……会挽雕弓如满月，西北望，射天狼。"面对如此豪迈的大叔，滚滚君献上三四五六枚桃心。

回过头来我们再看莎翁十四行第73首。全诗第一句以"That time of year thou mayst in me behold"起句。这句直译过来就是"你在我身上会看到这样的时节"(曹明伦教授译)。我们就先来学习一下曹老师译的第一段:

你在我身上会看到这样的时节,
那时黄叶飘尽,或余残叶几片,
依随枯枝在萧瑟的冷风中摇曳,
昔日百鸟齐鸣的歌坛颓败不堪。

这段翻译的意思固然没错,但滚滚君觉得,这样平铺直叙地来译这首风格抒情、韵律铿锵、画面丰富、文艺情怀满满(反正就是各种美)的诗作,似乎有些埋没了莎翁诗作的熠熠?

众所周知,与汉语相比,英语词汇相对贫乏。但莎翁在遣词造句方面是个高手,简简单单的几个词,经他一排列,读来却别有韵味。"Upon those boughs which shake against the cold, Bare ruin'd choirs, where late the sweet birds sang."从英美文学赏析的角度来看,这句子是个佳句。那么,作为译者,如何让不懂英文的大中华国民也能体验到莎翁诗作的字词美?如何在中译中体现莎翁诗作的韵律美?如何通过遣词造句来还原莎翁诗作浪漫唯美的文艺情境?滚滚君以为,可以从老祖宗留给我们的古诗词歌赋中寻找灵感。

大中华的古诗词歌赋里，写景寄情的佳句不胜枚举，滚滚君很喜欢王实甫的《中吕·十二月带尧民歌·别情》："自别后遥山隐隐，更那堪远水粼粼。见杨柳飞绵滚滚，对桃花醉脸醺醺。"这样的诗句，字词沾染了情意，有光彩在盈动，读来是多么惬意。于是，作为一枚文艺汪，面对莎翁低调奢华的诗句，滚滚君义不容辞地拽拽文艺范儿：

我的人生，步入瑟瑟秋凉，
黄叶稀疏，寒风枝头舞荡。
歌台残垣，空忆鸟鸣婉转，
唧啾清越，唱尽依依残阳。

滚滚君的第一句，是脱离了原句的意译。"我的人生"为什么说是"步入秋凉"而不是"冬寒"呢？滚滚君认为，有稀疏黄叶的季节应该还是秋季。其次，莎翁这首十四行也算是情诗（虽然情思深邃婉转了些），一位激情（基情）余烬苒苒的大叔，应该还是漫步在人生的秋天比较合理。而"瑟瑟秋凉"之说，则脱胎于白居易的"枫叶荻花秋瑟瑟"。所以，熟读唐三百很重要，没准儿什么时候就可以随手拈来。

"When yellow leaves, or none, or few, do hang Upon those boughs which shake against the cold," 这个句子中，"yellow leaves, or none, or few, do hang Upon those boughs"说的是有些枝上还挂着几片黄叶，有些枝上则是光秃秃的。滚滚君以为，"那时黄叶飘尽，或余残叶几片"是个有语病的句子（都飘尽了，还有残叶？"尽"还是"未尽"也是纠结）。"those boughs which shake against the cold"这句直译过来，就是"依随枯枝在萧瑟的冷风中摇曳"，但为了追求韵律美和字词美，滚滚君将思维转换了一下，说"黄叶稀疏，寒风枝头舞荡"。

"Where late the sweet birds sang"这句话补齐并还原后，应该是"where the birds sang sweetly late into the night"。"sweet birds"是什么意思？甜美的鸟儿？No，应该是歌声甜美的鸟儿。"Bare ruin'd choirs, where late the sweet birds sang"，在英美文学赏析课上，这一句必定是老师们讲解的重点。Kate Wilhelm（凯特·威廉）长篇代表作 Where Late the Sweet Birds Sang 获 1977 年雨果奖最佳长篇奖，中文译名《迟暮鸟语》。是的，"late"在这句中就是"迟暮"的意思。滚滚君十分喜欢这句英文，读起来有婉约的文艺feel，画面又有些昆曲的剪影，缠绵悱恻（文艺汪上身）。滚滚君梦个蝶：夏日的周末，午后闷热。大滚滚独自滚在某荫凉角落，懒洋洋斜歪着，喝茶吃桃嚼杏，就着生普洱浓烈的茶气，假模假式地品品字词的含蓄美婉约美韵律美，暂且将《美国怪谭》里的变态们弃之脑后（开始白云苍狗白日梦……）。初读这个句子，滚滚君脑洞里浮现的是汤显祖《牡丹亭·惊梦》中的唱词："原来姹紫嫣红开遍，似这般都付与断井颓垣……"只是景致需颠倒一下：满目断井颓垣，空念姹紫嫣红开遍。译这句时，滚滚君用的是白描大法："歌台残垣，空忆鸟鸣婉转，嘲啾清越，唱尽依依残阳。""空忆"二字，既点明了过去时态，又与"残垣"相照应（空气中似乎弥漫着一种名为"怅惘"的暧昧情绪）。"鸟鸣婉转，嘲啾清越"八个字，将"sweet birds sang"的情态描摹殆尽，整个画面添了声音，内容也就丰富起来。"sing late"直译过来就是"唱到夜色深沉"，那么，如何诗意地表达这个意思？滚滚君以为，"唱尽依依残阳"这个句子，不仅自然承接了上句对鸟鸣声的描写，亦十分细致地解读了"sing late"这两个词，缠绵不舍之态，尽在"依依"二字。而"残阳"在字词上不仅与开篇的"秋凉"相呼应，更为下段描写暮色做铺垫，同时也进一步渲染了全诗萧瑟的意境（滚滚君周到得有些过分，莎翁未曾想到的滚滚都替他一一想到了？细思也是极恐）。

全诗第二段，依旧借景抒情：缓缓隐去的西天暮色、渐渐幽深阴暗的夜，并由此联想到死神大人的阴影，暗叹年华易逝，

心中无限唏嘘。我们先看曹明伦教授的译文。这段的译依旧四平八稳,忠实于原文:

你在我身上会看到这样的黄昏,
夕阳西坠后渐渐隐去西天薄暮,
沉沉黑夜一点一点将暮色吞尽,
像死亡之化身遮盖安息的万物。

滚滚君的译还是那样天马行空:

我的人生,步入夕阳唱晚,
日薄西山,暗夜渐浓渐长。
夜似幽冥,裹挟万物无尽,
万籁俱寂,唯余长夜漫漫。

在滚滚君深深的脑海里,曹明伦教授始终是位治学严谨、不苟言笑的学究。曹老师第二段第一句译"你在我身上会看到这样的黄昏",这样译诗未尝不可,因为字面就是这个意思,而且这样译很有些汪国真老师的范儿。但滚滚君认为,"As after sunset fadeth in the west"译成"夕阳西坠后渐渐隐去西天薄暮"容易导致歧义,滚滚君在学习这句译文时就有些疑惑,不知"薄暮"究竟是让何物隐去的。不懂英文的读者也许更要问:"隐去西天薄暮"这句话的主语是什么?夕阳?夕阳西坠后?上句"夕阳西坠后渐渐隐去西天薄暮",下句"沉沉黑夜一点一点将暮色吞尽",暮色蚕食大法究竟有几种?(掩面,有些乱)滚滚君以为,英文诗词的译法,不可太过拘泥,一字一句按照原文字面来译,出来的效果不是呆若木鸡就是语焉不详。译大家诗词,最好先将诗词通篇读透,然后结合字面和字后的意思来译,并修饰以精妙灵动的字词,译出的成品方能恢复原作的流光溢彩。莎翁这首十四行第二段,换汪国真老师赋诗,或许会写道:在我身上,你会看到这样的黄昏,夕阳西坠,暗夜将薄暮一寸寸吞噬。("在我身上,你会看到……"这样的写法,让滚滚君想起日本女子华丽的和服,一袭夕阳暮景绘遍全身……由某冰冰来演绎这样一身华服必定是极好的……呃,神思缥缈跨界了。)"Death's second self"译成"死神的影子""死亡的化身"都是可以的,反正是各种负能量各种黑就对了。莎翁在这段诗中要表达的,应该是对时光易逝,暮年转瞬即至的感伤。(夜色让人想到死?唉,莎大叔也是个多愁善感的。滚滚君喜欢这样的歌词:"夜色正阑珊,微微荧光闪闪……"又跑题了,滚回来。)滚滚君译的"夜似幽冥"是不是比死神什么的更庞大更有威力更具压迫感?所以呢,要成为一枚好工匠,不仅得多读唯美经典古诗,各种杂书(包括地摊文学经典)也应该一目二十行随手翻翻,万一采撷到奇葩呢?

我们来看第三段。第三段由写景转为写物，借微微星火来抒发情怀。莎翁是半个古人，在表情达意上，措辞偏含蓄风雅。第三段诗，滚滚君用白话说就是：大叔我虽然老矣，but，还是有些春心可以荡漾的；爱的火苗虽然小了些，但它真的是一直一直在燃烧啊！人终有一死，本大叔选择与激情（基情）共存亡！（老师：大滚滚，你节操掉了，快捡起来！）第三段如果浓缩成一句话，应该是：大叔老矣，尚能爱！

莎翁的这首十四行，不论在韵律、字词还是意境上都有一种含蓄古雅的美。前两段寄情于景，暗喻自己步入人生秋季，离死亡的阴影越来越近，情绪颇为怅惘感伤；第三段写物抒情，强调自己虽已耗尽青春，但心中仍有熹微星火，仍对爱情有着期待和向往，萧瑟的景致与对爱情执着、不懈的追求形成鲜明对比。黄庭坚有诗曰："黄花白发相牵挽，付与时人冷眼看。"莎翁的款款深情中亦点缀了些类似的小傲娇。莎翁的执着含蓄委婉，少了狄兰·托马斯"逆光翱翔"的璀璨，却别有一种幽微的美。滚滚君以为，诗歌之所以令人陶醉，重点还在"诗意"二字，不同色彩的文字，营造出的诗意氛围亦不相同。狄兰·托马斯怒吼："Rage, rage against the dying of the light."（滚滚君译："纵生命之光即逝，亦当逆光翱翔！"）这是何等狂放不羁的气势。而莎翁的视死如归是温文尔雅又深情款款的，字词间缠绵着爱的执着："As the death-bed whereon it must expire, Consumed with that which it was nourish'd by."（滚滚君译："冥床寒寂，终将为我所往；激情耗尽，此身虽逝无憾。"）所以，滚滚君认为，用"在我身上你会看见……"这样呆板拘谨的格式来译这首十四行，前两段勉强说得过去，但到了第三段，就词不达意了。我们还是先来学习下曹明伦教授的译文：

你在我身上会看到这样的炉火，
躺在其青春的灰烬中朝不保夕，
仿佛是在临终床上等待着殂落，
等待喂养过它的燃料把它窒息。

滚滚君很遗憾地说，这段译跑偏了，莎翁想抒的情……"灰烬"了。"In me thou see'st the glowing of such fire, That on the ashes of his youth doth lie,"这两句诗的白话意思是：大叔我心里还有小火苗在燃烧，虽然我的青春已经逝去我有些力不从心。那么，为什么不能将"glowing of fire"译为熊熊烈火大激情呢？因为这火是在青春余烬上燃着的，既然是余烬，火力自然微微。"As the death-bed whereon it must expire, Consumed with that which it was nourish'd by."这两句诗，白话意思是：爱的小火苗早晚也是要熄灭的，因为人终有一死嘛。但是，即便死，大叔我也得与激情（基情）

共存亡（"Consumed with passion which it was nourish'd by."此处应该有激昂背景音乐《死了都要爱》）。滚滚君认为，这其实是莎大叔在委婉地表明自己为爱痴狂的决心（果然是枚深谙基情法则的搞基圣手，温文尔雅深情款款的诗人大叔……）。滚滚君擦擦口水，揭露下莎大叔的内心戏：

我的人生，依稀星火闪闪，
青春已逝，余烬犹温未凉。
冥床寒寂，终将为我所往，
激情耗尽，此身虽逝无憾。

如此文艺地译这段诗，莎大叔隐蔽的情怀是不是瞬间昭然若揭了？莎大叔的诗句很华丽，莎大叔的情怀很隐蔽，但读心术这门课，滚滚君基本都是 A（开始自我吹嘘狂拽炫酷）。

全诗最后两句，莎翁例行点题："This thou perceivest, which makes thy love more strong, To love that well which thou must leave ere long."这两句如果直译，就是曹明伦教授的译本："待看到这些，你的爱意会更浓，对即将离去的生命会更加珍惜。"曹教授已经将诗句白话到了大白的地步，完全没有给滚滚君留些再"白"的余地。作为一枚文艺汪，滚滚君只能努个力，假装情深深雨蒙蒙地拽拽：

愿君知我，情深深逾燕婉，
惜取芳时，夕阳将奏离殇。

有了这样的结尾，全诗婉约抒情的风格是不是更浓郁了？画面是不是更低调奢华有内涵了？（因为有了内！心！戏！）莎大叔独立残阳心思百转，最后，决定在苍茫暮色里隔空对基友深情喊话，哎呦喂，心机与真情并茂啊！"愿君知我，情深深逾燕婉"这一句是滚滚君在仔细揣摩大叔心境后给出的译。而将最后一句译成"惜取芳时，夕阳将奏离觞"，滚滚君首先得夸自己脑洞大，有天马行空的想象力。其次，夕阳自古比拟人生暮景，在文字上与开篇呼应，亦点题。而离觞指别离，夕阳奏离觞曲，生死别离在即，更突显时光金贵，"惜取芳时"尤为紧迫（抓紧时间聊段钻石恒久远的基情似乎是莎大叔十四行永恒的主旋律）。

滚滚君以为，译者其实就是工匠，针对不同题材不同风格的作品，应该有不同的译法（打开方式）。如果选择译诗，那么在译大师作品的时候，应该尽量体会大师心中藏匿的诗意。滚滚君最大的优点，或许就是在闲时把自己伪装成一枚清风明月文艺汪。

名家译诗欣赏

莎士比亚十四行诗第73首／梁宗岱译

在我身上你或许会看见秋天,
当黄叶,或尽退,或只三三两两
挂在瑟缩的枝头上索索抖颤——
荒废的歌坛,那里百鸟曾合唱。
在我身上你或许会看见暮霭,
它在日落后向西方徐徐消退:
黑暗,死的化身,渐渐把它赶开,
严静的安息笼住纷纭的万类。
在我身上你或许会看见余烬,
它在青春的寒灰里奄奄一息,
在惨淡灵床上早晚总要断魂,
给那滋养过它的烈焰所销毁。
看见了这些,你的爱就会加强,
因为它转瞬要辞你溘然长往。

＊摘自《莎士比亚十四行诗全集》,梁宗岱译,四川人民出版社,1983年

第二篇

但你,只痴缠自己眸色的清亮
自恋的焰火不息,独爱孤芳自赏

——莎士比亚十四行诗第一首

十四行第 1 首,滚滚君一句句读下来,心中十分同情莎大叔。再伟大的诗人,一旦陷入爱河,便将自己化成了卑微的尘埃。"你是丰美的盛宴,我却饱受饥荒",爱情这东西,是没有道理可讲的。

莎士比亚十四行诗第1首／滚滚君译

绝美的生灵令我们心生向往,

愿美人芳华,永世无殇。

但盛世璀璨,谁无凋零时光?

记忆潺潺,或许只在幼蕊上轻漾。

但你,只痴缠自己眸色的清亮,

自恋的焰火不息,独爱孤芳自赏。

你是丰美的盛宴,我却饱受饥荒,

甜蜜如你,与自己为难,将春光尽藏。

此时的你,是尘世里清新的装扮,

艳俗春色里,你是唯一的传令官。

但你却将春光于花蕊深藏,

温柔的小气鬼啊,吝啬如斯,空负韶光粲粲。

怜悯这俗世吧,倾听这只饕餮的奢望,

他不愿咀嚼世俗的平淡,独守孤坟将你追想。

此时的你，是尘世里清新的装扮

艳俗春色里，你是唯一的传令官

Sonnet 1

From fairest creatures we desire increase,
That thereby beauty's rose might never die,
But as the riper should by time decease,
His tender heir might bear his memory:
But thou contracted to thine own bright eyes,
Feed'st thy light's flame with self-substantial fuel,
Making a famine where abundance lies,
Thy self thy foe, to thy sweet self too cruel.
Thou that art now the world's fresh ornament,
And only herald to the gaudy spring,
Within thine own bud buriest thy content,
And, tender churl, mak'st waste in niggarding.
Pity the world, or else this glutton be,
To eat the world's due, by the grave and thee.

莎士比亚的十四行诗，许多名家都译过，滚滚君本着谦虚好学（读"投机取巧"）的精神，译之前认真学习各家译本，希望能精进自家的译功。

莎士比亚十四行诗第1首是经典的情诗，滚滚君译前通读了一遍原诗，虽然没有特别惊艳的感觉，但发现遣词造句非常别致，尤其是这两句：

Thou that art now the world's fresh ornament,
And only herald to the gaudy spring,

曹明伦教授译：

你今朝能为这世界傅彩增光，
唯有你能够预报阳春之回归。

滚滚君译：

此时的你，是尘世里清新的装扮，
艳俗春色里，你是唯一的传令官。

上述两句原诗，不仅画面感十足，字词间亦流动着诗意。姹紫嫣红开遍的春色里，"我"爱慕的那个"你"是那样的清新，所有的颜色因你而黯然。这两个句子，是这首十四行中滚滚君的最爱，每每读来，便想起初春清新的绿叶和 Burberry 那款 Weekend 男香……思绪一时间有些缥缈。

这首十四行，滚滚君在学习了多个译本后发现，诸位大家在最后两句的译上可能涉嫌互相抄袭、共同错误。我们来看原诗最后两句：

Pity the world, or else this glutton be,
To eat the world's due, by the grave and thee.

曹明伦教授译：

可怜这世界吧，不然你这饕餮之徒
将与坟墓一道吞噬世界应得之物。

滚滚君译：

怜悯这俗世吧，倾听这只饕餮的奢望，
他不愿咀嚼世俗的平淡，独守孤坟将你追想。

在这首十四行中,莎大叔将身段放得极低,在诗中写道:"你是丰美的盛宴,我却饱受饥荒"。"你"秀色可餐,但"我"却餐不到"你"(其实莎大叔你已经餐了甲乙丙丁,你这只大饕餮)。"我"爱慕你的风姿,但"我"还是有自知之明的,"我"这样奢求"你"的青睐,是我"饕餮"了。但"我"这只饕餮还是很不甘心的好吧?"我"不想"eat the world's due"。什么是"world's due"?就是俗世分配给你的那盘菜。莎大叔的心声,滚滚君以为是这样:我真的不愿意与平庸的甲乙丙丁为伍(读"搞基"),一路想着你,孤独终老(by the grave and thee)。

十四行第 1 首读完,滚滚君心中有三四五六分同情莎大叔。再伟大的诗人,一旦陷入爱河,便将自己化成了卑微的尘埃。爱情这东西,真的没有道理可讲。

名家译诗欣赏

莎士比亚十四行诗第 1 首 / 曹明伦译
我们祈盼生命从绝色中繁生,
这样美之蔷薇就不会消失,
既然物过盛而衰皆有时令,

就该为年轻的后代留下记忆；
可你却要娶自己的灿灿明眸，
凭自身的燃烧维持你的光焰，
对自己太狠，做自己的对头，
在丰饶之乡制造出饥月荒年。
你今朝能为这世界傅彩增光，
唯有你能够预报阳春之回归，
你却于自身蓓蕾把美质掩藏，
小气鬼哟，你因吝啬而浪费。
可怜这世界吧，不然你这饕餮之徒
将与坟墓一道吞噬世界应得之物。

*摘自《莎士比亚十四行诗全集》，曹明伦译，漓江出版社，1995年

第三篇

当四十的寒霜，侵蚀眼角眉梢
当岁月的沟壑，纵横花容月貌
——莎士比亚十四行诗第2首

莎氏十四行第2首，滚滚君很抱歉地说，以现代人的眼光来看，原诗格调真心不是太高。将诗文从头到尾通读一遍，某滚不知莎大叔写这么一首十四行劝好基友早生贵子是个什么意思。此类琐屑，本该爹妈媒婆广场大妈操心的好像？滚滚君脑补了一下，感觉故事情节也许是这样：莎大叔与基友的感情遭遇小挫折，好基友闹分手。莎大叔拔高姿态：趁着青春年少，你还是快快结婚生子吧，老了也能享个天伦乐。真实心声其实是这样的：你这天天媚眼乱抛的，累不累啊？！快滚去结婚吧生子吧！谁稀罕啊！祝你早生贵子哈！（滚滚君脑洞真大！点赞！）

莎士比亚十四行诗第2首／滚滚君译

当四十的寒霜，侵蚀眼角眉梢，
当岁月的沟壑，纵横花容月貌，
今日傲人青春，风采何其闪耀，
他年亦将凋零，委顿衰败如草。
彼时若是问起：何处觅君美貌？
往昔玉貌绮年，可曾累积珍宝？
若答：双眸深邃，埋葬青春年少。
可觉遗憾噬心，唏嘘赞赏缥缈？
多少无心赞誉，堪君美貌轻抛？
若能从容答道："看这可爱宝宝，
他日承我衣钵，偿我夙愿多好。"
愿君多多努力，稚子承君玉貌。
他日垂垂向老，子嗣助君返少，
日暮风寒霜冷，君侧桑榆独好。

当四十的寒霜,侵蚀眼角眉梢
当岁月的沟壑,纵横花容月貌

SONNET 2

When forty winters shall beseige thy brow,
And dig deep trenches in thy beauty's field,
Thy youth's proud livery, so gaz'd on now,
Will be a tatter'd weed, of small worth held:
Then being ask'd where all thy beauty lies,
Where all the treasure of thy lusty days;
To say, within thine own deep-sunken eyes,
Were an all-eating shame and thriftless praise.
How much more praise deserv'd thy beauty's use,
If thou couldst answer, "This fair child of mine
Shall sum my count, and make my old excuse-"
Proving his beauty by succession thine!
This were to be new made when thou art old,
And see thy blood warm when thou feel'st it cold.

莎氏十四行第2首,格调真心不是太高。滚滚君皱着眉,挑剔地读了开篇第一句:When forty winters shall beseige thy brow, And dig deep trenches in thy beauty's field, 说成大白话就是:人到四十一坨渣,你还嘚瑟啥?或许古人不善保养,刚四十就满脸褶子了也不一定。

将诗文从头到尾通读一遍,滚滚君不知莎大叔写这么一首十四行劝好基友早生贵子是个什么意思。此类琐屑,本该爹妈媒婆广场大妈操心的好像?脑补下基情往事: 基情遭遇小挫折,好基友闹分手,莎大叔拔高姿态:趁着青春年少,快快结婚生子吧,老了也能享个天伦乐。真实心声其实是这样的:你这天天媚眼乱抛的,累不累啊?!快滚去结婚吧生子吧!谁稀罕啊!祝你早生贵子哈!(滚滚君邪恶了呵呵)。

言归正传,滚滚君这版译文,在最后两句上,稍稍升华了原诗意境,替莎大叔更诗意地表达了下情怀。翻看以往各家译文,译的痕迹偏重,且在某些字词上存在错译。比如:To say, within thine own deep-sunken eyes, Were an all-eating shame and thriftless praise,几位大家无一例外地均将"shame"译成"羞愧"。"shame"这个词,滚滚君知道两个意思:1.羞愧,耻辱,例句:Shame on you! 2.可惜,遗憾，例句：What a great shame! 这词的两种用法，由来已久。几位大家在择词上犯这种错误，也许是被英文版的解读误导，又或许是理解力不及？原景回放下：花美男老矣，某甲奚落之：哎哟，当年你美成那样，花容月貌今安在啊？花美男唏嘘：我双眼深邃有内涵……此情此景跟羞愧有毛线关系？人家又没有拿美貌去做交易，凭什么羞愧哈？花美男说：我的美貌我做主！我不羞愧！也没有"贪婪"（梁实秋老师译："你回答说，在你深陷的眼坑里，那将是自承贪婪，对浪费的赞扬。"）！是的，应该只是遗憾而已，因为浪费了美貌。So,将"all-eating shame"译做"遗憾噬心"，某滚以为是非常信达雅地译出了痛心疾首状。尤其是"all-eating"这个词的译法，滚滚君有些得意，原以为各位大家会倒在这个词上，未曾想统统栽倒在"shame"上。But, 各位前辈，"What a great shame!"这个句子, 你们如何解读啊？呵呵，难道是"多么大的一个羞愧啊！"吗？（什么鬼！）

再说最后两句，现有译文均忠实地将"冷血热血"译了出来。莎氏十四行诗的最后两句，几乎都是对全诗的总结和升华，若逐字将英文译为中文，滚滚君以为：精妙的莎氏十四行与汪国真老师的诗相比，仿佛都比不上，更遑论李白的诗、苏轼的词了。梁实秋老师版的最后两句："这就好像你衰老之后之重新翻造一遍，你觉得血已冰冷又再度觉得温暖。"那个，梁老师，您译得真好，必须承认，您确实是位叙述高手。梁宗岱教授版的最后两句："这将使你在衰老的暮年更生，并使你垂冷的血液感到重温。"与"你感觉血冷却能见到热血沸腾"这样的译文相比，两位梁老师还是相当忠实于原文的。有些前辈，将"warm"译成"热血沸腾"，滚滚君自动脑补激情诗"穿过大半个中国去睡你"，情不自禁哆嗦下先。原诗的意思应该是：风烛残年，人生多少有些凄凉，但有子万事足，孩子们常回家看看，老爷爷心里好温暖。唉，累死我大滚滚了，费这许多口舌。

名家译诗欣赏

莎士比亚十四行诗第2首／梁实秋译
四十个冬天围攻你的容颜，
在青年美貌平原上挖掘壕沟的时候，
你的青春盛装，如今被人艳羡，
将变成不值一顾的褴褛破旧。
那时有人要问，你的美貌现在何地，
你青春时代的宝藏都在什么地方，
你回答说，在你深陷的眼眶里，
那将是自承贪婪，对浪费的赞扬。

拿你的美貌去投资生息岂不更好,
你可这样回答:"我这孩子多么漂亮,
他将为我结账,弥补我的衰老。"
他的美貌和你是一模一样!
这就好像你衰老之后之重新翻造一遍,
你觉得血已冰冷又再度觉得温暖。

*摘自《莎士比亚全集》,梁实秋译,台湾远东图书公司,1986 年

第四篇

哪位多情少年愿凭栏独望
任自恋的烟花将子嗣绝断

——莎士比亚十四行诗第 3 首

滚滚君认为,莎大叔的每一首十四行,都可以大话成一个小故事。莎氏十四行第 3 首,通篇读来,句句相扣,结构很是精妙,开篇和结尾还暗藏了字词上的呼应,莎氏诗作的精微,由此可见一斑。在这首十四行中,莎大叔借了镜中影来劝勉基友:早觅佳偶续香火(这么俗的主题都能写成诗,滚滚君也打算写首《鹊桥仙·纤夫的爱》)。

莎士比亚十四行诗第3首／滚滚君译

镜中模样,你仔细端详,
是时候将容颜翻版?
此时,若不谱写新生希望,
岂非欺骗世人,令母亲遗憾?
哪位美貌少女不心怀绮想,
羡凤凰于飞,慕鱼水合欢?
哪位多情少年愿凭栏独望,
任自恋的烟花将子嗣绝断?
你是母亲的菱镜,
折射她四月天的灿烂。
当容颜沧桑,自岁月窗棂回望,
你将领悟,这是生命中最好的时光。
人生在世,当觅佳偶,将香火承传,
殷殷嘱君,莫与镜中人相看成绝唱。

哪位美貌少女不心怀绮想
羡凤凰于飞，慕鱼水合欢

SONNET 3

Look in thy glass, and tell the face thou viewest

Now is time that face should form another;

Whose fresh repair if now thou not renewest,

Thou dost beguile the world, unbless some mother,

For where is she so fair whose unear'd womb

Disdains the tillage of thy husbandry?

Or who is he so fond will be the tomb

Of his self-love, to stop posterity?

Thou art thy mother's glass, and she in thee

Calls back the lovely April of her prime;

So thou through windows of thine age shalt see,

Despite of wrinkles, this thy golden time.

But if thou live, remember'd not to be,

Die single, and thine image dies with thee.

滚滚君认为，莎大叔的每一首十四行，都可以大话成一个小故事。莎氏十四行第3首，通篇读来，句句相扣，结构很是精妙，开篇和结尾还暗藏了字词上的呼应，莎氏诗作的精微，由此可见一斑。在这首十四行中，莎大叔借了镜中影来劝勉基友：早觅佳偶续香火（这么俗的主题都能写成诗，滚滚君也打算写首《鹊桥仙·纤夫的爱》）。

先说说译第三首时遇到的亮点。For where is she so fair whose unear'd womb, Disdains the tillage of thy husbandry? 这句子是不是很风流啊同学们？滚滚君译之前先学习了下各位大家的各种译本——

梁宗岱教授译：

因为哪里会有女人那么淑贞，
她那处女的胎不愿被你耕种？

曹明伦教授译：

因为哪儿有未识云雨的闺中尤物，
会拒绝你去他那片处女地上耕耘？

梁实秋教授译：

哪个女人那样美，
她那未开垦的子宫会拒绝你去耕耘？

滚滚君感觉人生被点亮了！是在上生理卫生课吗，老师？胎？子宫？还"耕耘"？又仔细看了下英文，确实是"耕耘"，滚滚君只能感叹大英帝国词汇的贫乏。莎大叔是一代文豪，不能说不会用词，在那片除了土豆就是土豆的贫瘠土地上，或许真的挖掘不出更高大上的词来描绘"耕耘"这种动作了。滚滚君觉得，若是换我朝词人来写，就说李煜吧，随便拽拽都能将云雨场面拽得摇曳生姿。比如那首小黄词《菩萨蛮》：

画堂南畔见，
一向偎人颤。
奴为出来难，
教郎恣意怜。

只字不提"耕耘"，却是满满的云雨和男欢女爱，我大中华文字何其博大精深。当然，李后主的文字功夫也是了得的。咳咳，扯远了。滚滚君想说的是，不管英文如何村气，前辈们，咱们能不这么"糙"地译"甜美的十四行（英国某作家对莎氏十四行的评语)"吗?滚滚君在网上看到这样的译:"哪个少女不怀春,谁能拒绝爱的滋养",很赞,可惜通篇译文精彩欠奉。前辈们,"for where is she so fair",莎大叔此处描绘的是"fair girl"呀!什么是fair?各种美好啊喂!fair girl,美少女啊喂!让你们译得那么不堪!

言归正传,全诗第一段,自镜中容颜引出话题,劝基友生子传承美貌,原诗中的"form another",不是让基友去美容做脸,而是重造一张脸,说白了就是生个小宝宝。考验译者功力的其实是第二段。看到诸位大家集体栽倒的神姿,滚滚君邪恶脑补课堂上师尊们讲授"耕耘"大法的各种生动(细节参考中国古典文学精品《金瓶梅》)。再说"tomb"这个词,滚滚君读到的基本都是"自掘坟墓"这样比较"信"的译法——

梁宗岱教授译:

哪里有男人那么蠢,
他竟甘心做自己的坟墓,绝自己的血统?

曹明伦教授译:

又有哪位男子会傻得来自掘坟墓,

仅因为自爱自恋就甘愿断子绝孙？

梁实秋老师译：

哪个男人那样蠢，
顾影自怜的把命断送，而心甘情愿的断子绝孙？

滚滚君举手：老师，这样译真的不够美，美少女和花美男们情何以堪啊！梁实秋老师，滚滚君弱弱地说一句：自恋是不好，但您也不能因此把人给译死了对吧？咳咳，前辈们，"the tomb of his self-love" 真的和坟墓没啥大关系好吧？隐喻而已，说的是因自恋而自闭，孤芳自赏。另外，"fond"这个词，各位大家几乎集体无视（大滚滚不能相信教授们敢把它译成"蠢笨傻"）。莎大叔在第二段中塑造了两个形象，a fair girl and a fond lad，美丽的姑娘和多情的小伙，但在各位大家的神笔下，二者似乎皆成渣……（老师：你快滚出去！）

咳咳，同学们，不要笑，严肃些。第三段文字，从字面看通俗易懂，但这段在全诗中起着非常重要的作用，即承上启下，如果不能正确解读这段文字，对全诗最后两句的理解基本跑偏。"你是母亲的菱镜"这一句不仅与结尾提到的"image"（镜中影）遥相呼应，而且，也为结尾的鸡汤式教诲做了铺垫。

这一段，白话成碎碎念就是：你出落得如此标致，你老娘一瞅见你就能想起自己的人间四月天（言外之意：有个孩子多么好）。等你老了，再回想这段光景，就知道现在是你的人生黄金期（一碗人生奥义大鸡汤呼之欲出：珍惜光阴，抓紧时间传宗接代）。面对莎大叔如此世俗的情怀，滚滚君也不知该说什么，但自己选的诗，吐着也要译完。"wrinkle"这个词，滚滚君觉得，如果造句功夫不够，译成"皱纹"可能会很村气。

说说结尾。莎氏十四行的最后两句，基本都是对全诗的总结，即点题。先看各位大家的译本——

梁宗岱教授译：

但是你活着若不愿被人惦记，
就独自死去，你的肖像和你一起。

曹明伦教授译：

但若你人生一场不是为了被怀念，
就自个儿去吧，和你未铸的翻版。

梁实秋老师译：

但是你若虚度一生，只愿死后被人忘记，
那么就独身一世，你和你的踪影一同死去。

记得曾拜读过曹明伦教授《莎士比亚十四行诗汉译疑难探究》中的一段，曹老师写道："莎士比亚十四行诗充满了具有神奇魅力的隐喻，在文化层面上为翻译设置了不少自然障碍和常常容易被忽视的暗礁险滩，结果使翻译家们往往'小心翼翼地拿走了诗人晾出来的漂亮衣裳'，却忽略了'诗人最有内在价值的东西'。"读完曹教授高论，再看老师们的实战成果，滚滚君耳边隐约有一声叹息。

第三首的最后两句，滚滚君白话：基友啊，你可千万别沦为一只单身汪啊，孤独地死去真的好凄惨的。你这花容月貌，若没个孩子来传承，啧啧……你光照镜子自恋有啥用？不结婚不生子，等你挂了，这小模样也就绝世啦（thine image dies with thee）。嗯，大致就是这个意思了。

名家译诗欣赏

莎士比亚十四行诗第 3 首 / 梁实秋译

照照镜子,告诉你看到的那张脸,

现在时间已到,该把那脸另换一张;

如果现在你不重整你的焕发的容颜,

你辜负世人,使一个做母亲的失望。

哪个女人那样美,

她那未开垦的子宫会拒绝你去耕耘?

哪个男人那样蠢,

顾影自怜的把命断送,而心甘情愿的断子绝孙?

你是你母亲的镜子,她看到你

便忆起她的青春愉快的时光:

你将来皱纹满面,从你老年窗扉望出去,

同样也可窥见你黄金时代的景象。

但是你若虚度一生,只愿死后被人忘记,

那么就独身一世,你和你的踪影一同死去。

*摘自《莎士比亚全集》,梁实秋译,台湾远东图书公司,1986 年

第五篇

流年的风景里,我三度经历
四月的芳菲,在六月的艳阳里开到荼蘼
——莎士比亚十四行诗第104首

莎士比亚十四行诗第104首,滚滚君应海外同学之邀优先译出。这首十四行诗,应是莎氏十四行的经典之作,滚滚君读了几句原诗,便觉似有小清新扑面而来,将莎氏十四行第一、二、三首的沉闷世俗气一扫而光。全诗读下来,仿佛有四季轮回的明丽画面于眼前流转,光阴荏苒,见证的却是一份最真挚的深情。

莎士比亚十四行诗第104首／滚滚君译

美丽的朋友,在我眼中你是永恒的青碧,
芳姿如许,娉婷如昔,嫣然是人生初见的惊喜。
严冬苦寒,三度倾尽盛夏骄绿。
三春丽景,转眼泛黄成三秋记忆。
流年的风景里,我三度经历:
四月的芳菲,在六月的艳阳里开到荼蘼。
初相见时,你是岁月中一抹淡淡清新,
再相见时,你是时光里浓浓一道碧绿。
唉,美貌似时针,行走无迹。
你的容颜,随时光变迁,
虽然我眼里,它甜美如昔,
或许,是双眼将我蒙蔽?
我的心是如此忧戚,只能向后世寄语:
芳颜已成追忆,韶华时光里遁迹。

四月的芳菲,
在六月的艳阳里开到荼蘼

滚滚君大爱这首十四行,于是又译了个五言简奢版:

伊人恒青碧,容色艳如昔。
明眸映皓齿,嫣然初相遇。
三冬苦寒疾,倾尽三夏绿。
三春景初明,倏乎三秋意。
四季来复去,三度吾尝历:
四月花事起,六月芳菲尽。
初见伊清新,再见伊成碧。
光阴沙漏里,渺渺觅无迹,
伊人颜如玉,娉婷复几许?
吾心忧且戚,寄予后世语:
芳颜流沙影,可待成追忆?

Sonnet 104

To me, fair friend, you never can be old,

For as you were when first your eye I ey'd,

Such seems your beauty still. Three winters cold,

Have from the forests shook three summers' pride,

Three beauteous springs to yellow autumn turned,

In process of the seasons have I seen,

Three April perfumes in three hot Junes burned,

Since first I saw you fresh, which yet are green.

Ah! yet doth beauty like a dial-hand,

Steal from his figure, and no pace perceived;

So your sweet hue, which methinks still doth stand,

Hath motion, and mine eye may be deceived:

For fear of which, hear this thou age unbred:

Ere you were born was beauty's summer dead.

莎士比亚十四行诗第 104 首堪称莎氏十四行的经典之作，全诗读下来，仿佛有四季轮回的明丽画面在滚滚君眼前流转：严冬的苦寒、盛夏的葱郁、三春的灿烂、深秋的肃寂。四月里繁花争艳，空气中馨香氤氲；六月里阳光炽烈，花事开到荼蘼。莎大叔的这首十四行，尤其是写景四句，读来有字词缠绵唇齿的美好。滚滚君在前文曾提及，与中文相比，英文词汇要贫乏许多，描述美貌，也就是有限的几个词，什么 fair、beauteous、beauty。在这首十四行中，莎大叔避开了词汇短板，写四季轮回，写"左三年，右三年，基友美貌如当年"，尔后笔锋一转，写时光遁去无迹，再美的颜亦将褪色。滚滚君白话：花开败了三春，叶落尽了三秋，基友你的美貌却只是从淡淡小清新（fresh）递进到了浓浓大青碧（green），反正你就是各种美，浓妆淡抹总相宜（同学们，抱大腿也是一项技术活）。But, 时光不老是个谎言，基友你颜值是高，在我眼里你是美如当年，但我是不是眼花了啊？你说未出生的晚辈们还有没有机会一睹你的各种美呢？（So, 咱俩赶在时光老去之前谱段感人肺腑的基情，可好？趁你美貌碧如玉……滚滚君觉得：莎大叔这欲语还休的境界，也是十分高强，赞！）这首十四行，抒情风格浓郁，画面感十足，滚滚君决定尝试加减两种译法。

开篇三句，"To me, fair friend, you never can be old, For

as you were when first your eye I ey'd, Such seems your beauty still",滚滚君眼前立时飘过"人生若只如初见"的名句。只是容若的再见是悲剧,莎大叔的再见,复刻了初见的美好。这三句诗,我们先学习下前辈们的译本——

曹明伦教授译:

美丽的朋友,我看你不会老,
因为自从我第一眼看见你以来,
你似乎依然保持着当初的美貌。

辜正坤教授译

俊朋友,我看你绝不会衰老,
自从第一次和你四眸相照,
你至今仍貌美如初。

两位教授的译,均是十分的"信"。但滚滚君觉得,"我看你"这样的译法,太过口语。滚滚君说:老师,可以文艺些吗?可以诗意些吗?我们在译诗啊!中文有许多描写"fair"(美)和"beauty"(大美女)的字词,教授们译诗时似乎全都遗忘了,也许是莎大叔那位基友的颜太美,闪得教授们大脑一片空白,只能一个劲儿地赞"美"了?滚滚君不敢说自己译的功力有多好,但"芳姿如许,娉婷如昔,嫣然是人生初见的惊喜"这样的句子读来,"貌美如初"是否具体、灵动了起来?也许有同学要说,你这样译,添油加醋太艳丽了。滚滚君自荐五言简奢版:

伊人恒青碧,
容色艳如昔。
明眸映皓齿,
嫣然初相遇。

二十个英文单词对二十个汉字,何如?滚滚君认为:一位爱诗的译者,一位对大师作品怀有敬意的译者,即便自己不写诗,但在译富有文艺气息的作品时,思维常常会自动链接到读过的某些经典字句。经典美好的画面,在不同的时代空间、不同的语言文化里,应该都能找到对应的美好解读,但能否将经典字句活用,却是仁者见仁、智者见智的一件事,也许更多地与译者对文字的领悟及文学艺术修养有关。

接下来四句写景,滚滚君非常喜欢。左三年、右三年这样平常的四季轮回,在莎大叔的笔下,不仅有色彩,还有温度,十分斑斓。"three winters cold, Have from the forests shook three summers' pride",这句中的"summers' pride",可谓神来之笔,道尽了盛夏里绿色的葱郁和霸气(但即便是如此霸气的绿,亦敌不住严冬的苦寒。这是后话,暂且不提)。"Three April perfumes in three hot Junes burned",滚滚君在两个版本里分别将这句译为"四月的芳菲,在六月的艳阳里开到荼蘼"和"四月花事起,六月芳菲尽"。老师们译为"炎炎六月三次烧焦四月的芬芳"(曹明伦教授译本)、"看三回四月芳菲枯焦于六月"(辜正坤教授版本)。老师们对"burn"的神译,让滚滚君觉得防晒真的很重要,烧焦了好难看的。原诗句的意思应该是:四月的花事,到了六月,在炽烈的阳光里开到极致,走向荼蘼。用"烧焦""枯焦"这样村气的词来写花事盛极转荼蘼的景致,教授们也是用心良苦……了?全诗最美的写景四句,我们来看前辈的译本——

曹明伦教授译:

严冬三度从森林摇落盛夏风采,
阳春也已三度化为暮秋的枯黄,
在四季的轮回之中我三度看见
炎炎六月三次烧焦四月的芬芳,
(滚滚君以为最后一句坏了风景。)

辜正坤教授译：

三冬之寒
已从疏林摇落三夏之妖娆，
三度阳春曾转眼化作金秋，
我曾踱过时序轮回之桥，
看三回四月芳菲枯焦于六月，
（"我曾踱过时序轮回之桥"这句非常赞，但滚滚君以为下一句是败笔，瞬间毁了整个画面。）

滚滚君努力按标准文艺汪范儿拽拽，并附赠五言版：

严冬苦寒，三度倾尽盛夏骄绿。
三春丽景，转眼泛黄成三秋记忆。
流年的风景里，我三度经历：
四月的芳菲，在六月的艳阳里开到荼蘼。
三冬苦寒疾，倾尽三夏绿。
三春景初明，倏乎三秋意。
四季来复去，三度吾尝历：
四月花事起，六月芳菲尽。

滚滚君以为，四句写景，皆藏了话外音。滚滚君白话：再骄绿的盛夏到了严冬也只剩无奈；再明丽的春天，终究要泛黄成秋天的记忆；四月花香再盛，六月烈日里终是荼蘼。基友你颜值再高，可敌得过流年四季？So，你还是不要那么自恋好吧？咱俩抓紧时间聊个钻石恒久远的基情？

我们再看下一句，"Since first I saw you fresh, which yet are green"，英文极简，略懂英文的人都能看明白，但若作为诗句来译，还是十分考验文字功底的。曹明伦教授译为"我当初见你年轻，如今仍当年"（猜想曹教授是个不苟言笑的人）。辜正坤教授译为"而你仍鲜丽如昔似叶绿花娇"（这句译极好，辜教授的译版，常有些出彩处）。滚滚君做个加法，用席慕蓉格式拽拽："初相见时，你是岁月中一抹淡淡清新，再相见时，你是时光里浓浓一道碧绿"（是不是瞬间有了文艺汪的feel？嗯嗯？）。未尽兴，再用五言拽拽："初见伊清新，再见伊成碧"（如何文艺范儿地打开莎氏十四行中散发着浓浓文艺气息的诗作，是个问题。友情提示：莎大叔写的是情诗！情诗！情诗！重要的事情说三遍）。

全诗到这里，基友美貌也赞得透透的了，莎大叔笔锋一转，写光阴无声，逝去无痕，说基友在他眼中虽美若当初，但根据时光损耗原理，自己可能是眼花了（文人就是这么讨厌，四处挖坑）。辜正坤教授这两句译得很赞："唉，叹美色暗殆如时针流转，不见其动，却已偷渡钟面几遭。"

最后两句应该是全诗翻译的难点，因为从字面看，它们几乎与全诗其他部分格格不入。滚滚君乍一读，也有些牛头不对马嘴的感觉：莎大叔，你赞基友，叹光阴，我们都能理解，但你向未出生的孩儿们喊话，到底是几个意思啊？看教授们的译本——

曹明伦教授译：

唯恐如此，我告诉未来的后世：
你们尚未出生美的夏天已消失。
（字面意思十分正确。）

辜正坤教授译：

唉，不由我心焦，未来的时代听我忠告：
你们尚未出世，美的夏天却已死在今朝。
（呃，老师，您这"死"字用得太猛了，汗一个。）

滚滚君想说，莎氏十四行最后两句，通常都是对全诗的点题，译的时候，破解大法可以是：脱离字面，找到字后的寓意，进行意译。许多教授们跌进陷阱，译了字面，却失了原诗的魂魄。首先，"beauty's summer"译成"美的夏天"真是太含糊其辞了，如果读者不懂英文，很容易引起歧义。beauty是大美女，summer是盛夏，常用来比喻人生鼎盛时期，那么"beauty's summer"就是美女颜值最高峰时期。其次，"dead"这个词，在诗句里译成"死"不妥，其实是指美貌逝去。全诗最后两句，滚滚君白话：我真担心你美貌逝去那一天啊，基友。你这么美，但后世都无缘一睹芳颜，你说可惜不可惜？岁月是把杀猪刀啊，基友……（话外音：你颜值爆表有啥用啊？能花开不败吗？未来的主人翁们还能围观你的美吗？珍惜光阴吧，趁着颜值高，搞个基是正经……突然感觉莎大叔好有心计）。滚滚君对五言版的最后一句"芳颜流沙影，可待成追忆？"甚是满意——莎大叔，你的欲说还休被我发现了嘿嘿。

名家译诗欣赏

莎士比亚十四行诗第104首／曹明伦译
美丽的朋友，我看你不会老，
因为自从我第一眼看见你以来，
你似乎依然保持着当初的美貌。

严冬三度从森林摇落盛夏风采,
阳春也已三度化为暮秋的枯黄,
在四季的轮回之中我三度看见
炎炎六月三次烧焦四月的芬芳,
我当初见你年轻,如今仍当年。
唉,可是美就像钟面上的指针,
会不为人所察觉而悄悄地移动;
所以我以为能永驻的你的青春
也许在流逝而我的眼睛被欺哄。
唯恐如此,我告诉未来的后世:
你们尚未出生美的夏天已消失。

*摘自《莎士比亚十四行诗全集》,曹明伦译,漓江出版社,1995年

莎士比亚十四行诗第104首／辜正坤译

俊朋友,我看你绝不会衰老,
自从第一次和你四眸相照,
你至今仍貌美如初。三冬之寒
已从疏林摇落三夏之妖娆,
三度阳春曾转眼化作金秋,
我曾踱过时序轮回之桥,
看三回四月芳菲枯焦于六月,
而你仍鲜丽如昔似叶绿花娇。

唉，叹美色暗殒如时针流转，
不见其动，却已偷渡钟面几遭。
那么你虽然貌似艳丽如旧，
或骗过我眼，暗地风韵渐消。
唉，不由我心焦，未来的时代听我忠告：
你们尚未出世，美的夏天却已死在今朝。

*摘自《莎士比亚十四行诗》，辜正坤译，北京大学出版社，1998年

第六篇

叹时光之步履，匆匆白驹过隙
引盛夏至严冬，囚芳华于肃寂

——莎士比亚十四行诗第 5 首

莎士比亚十四行诗第 5 首，依旧是一首叹时光无情，劝世人（基友）早缔良缘的诗作，文字比较可口，有趣处也有个一二，So，滚滚君打起精神姑且译译写写。同一情怀，莎大叔百抒不厌，滚滚君有些晕他的十四行第 4 首，草草读了直接略过，盖因情怀世俗，文字隐晦，故弄玄虚……反正是各种不可爱。

莎士比亚十四行诗第 5 首／滚滚君译

往昔时光轻盈,翩若惊鸿掠影,
琢美目兮脉脉,引顾盼兮频频。
他日亦将暴戾,蹂躏红颜无情,
践花容于失色,踏芳姿任凋零。
叹时光之步履,匆匆白驹过隙,
引盛夏至严冬,囚芳华于肃寂。
寒霜扼尽生机,繁茂枝叶空忆。
冬雪倾覆美景,荒野浩瀚无垠。
郁郁盛夏精华,可曾悉心萃取?
玻璃囚笼剔透,点滴晶莹锁闭。
美之光影随行,潋滟美之熠熠,
美之灵犀隐隐,楚楚风姿常忆。
花之精华撷取,纵遇寒冬欺凌,
缤纷颜色逝去,芳泽恒久常馨。

叹时光之步履,匆匆白驹过隙
引盛夏至严冬,囚芳华于肃寂

Sonnet 5

Those hours, that with gentle work did frame

The lovely gaze where every eye doth dwell,

Will play the tyrants to the very same,

And that unfair which fairly doth excel;

For never-resting time leads summer on

To hideous winter, and confounds him there:

Sap checked with frost, and lusty leaves quite gone,

Beauty o'er-snowed and bareness every where;

Then were not summer's distillation left,

A liquid prisoner pent in walls of glass,

Beauty's effect with beauty were bereft,

Nor it, nor no remembrance what it was.

But flowers distill'd, though they with winter meet,

Leese but their show; their substance still lives sweet.

滚滚君觉得，优秀的"译"应该不露"译"的痕迹，自然流畅，每一处都是妥帖的，如自己在写。Empathy（同情，同理心）应该是每位优秀译者应该具备的能力（呃，苛求了）。

莎士比亚十四行诗第五首第一段，其实是个长句，一句话写尽时光的有情与无情。Those hours, that with gentle work did frame the lovely gaze where every eye doth dwell, will play the tyrants to the very same and that unfair which fairly doth excel；此一时时光温柔（gentle），彼一时却又暴力肆虐（tyrant），莎大叔的文笔，不赞简直是犯罪。这样的长句，若是逐字译来，再套用十四行 abab cdcd 的格式，估计汉译成品效果堪媲美裹脚布。滚滚君一直搞不懂这 abab cdcd 套用到中文里到底该押英文韵还是拼音韵（啊波啊波，吃嘚吃嘚……什么鬼！），但不管选哪种，押出来的都成不了韵，因为汉语与英语是两种不同的语言，"吃嘚吃嘚"这样的神韵……突然想起神曲《忐忑》。咳咳，学而时习之，不亦乐乎？我们来学习下老师们的译本——

梁实秋教授译：

时间，以巧妙的手艺创造
那众人瞩目的可爱的容颜，

有一日要对它变得非常粗暴,
把那绝世之姿变成丑陋不堪;

梁宗岱教授译:

那些时辰曾经用轻盈的细工
织就着众目共注的可爱明眸,
终有天对它摆出魔王的面孔,
把绝代佳丽剁成龙钟的老丑;

两位大家的译不可谓不好,"gentle"和"tyrant"在原诗中是两个非常夺目、对比强烈的词,但大家们似乎都忘了要将这种对比译出来。"gentle work"梁宗岱老师译为"轻盈的细工",逐字都是对的;梁实秋老师译为"巧妙的手艺",也是可以的。但若是换汪国真老师来抒情,他也许会写:年轻的时光,轻盈温柔,掠过你眼角眉梢,织就风情万种……呃,这好像不是汪大师手笔,反而滚滚君味儿十足。 还是罗大佑那句歌词贴切:"轻飘飘的旧时光就这样溜走……"懂了?"gentle" 就是时光很温柔很轻盈的样子,掠过美人脸,没留下皱纹,却为伊双眸添了脉脉风情,这是时光温柔的一面。但一转身,时光又摆出一副暴君模样(变脸够速度!),将大美女蹂躏成烟尘满面的黄脸婆。两位老师在译"gentle"这词时，似乎未能达意；在译"tyrant"这词时，又有些用力过猛，一丁点儿怜香惜玉的情怀都没有。话说时光无情，美人迟暮，但不管手段如何暴力，亦只是"unfair"了美人，不会令美人"丑陋不堪"（除非基因突变）。梁宗岱老师那两句"终有天对它摆出魔王的面孔，把绝代佳丽剁成龙钟的老丑"，大滚滚觉得既魔幻又暴力，"剁"字触目惊心，宛若人肉包子赫然在目。

某个仲夏夜里，有凉风习习，滚滚君一时闲情满怀，细细描摹了"gentle"和"tyrant"二词的情状，未尽兴，又顺手对"unfair which fairly doth excel"这句子做了个彻底交代，替莎大叔抒了个情：

往日时光轻盈，翩若惊鸿掠影，
琢美目兮脉脉，引顾盼兮频频。
他日亦将暴戾，蹂躏红颜无情，
践花容于失色，踏芳姿任凋零。

第一段就拽到这里，我们来看第二段。第二段写时光匆匆，盛夏风光易逝。莎氏十四行诗作中，盛夏是四季最美的季节，估计这与英伦气候有关。据说英伦三岛全年一半时间都是雨一直下，盛夏 7 月的平均温度在 20℃左右，早晚凉爽。夏季是大英帝国降雨最少的季节，相对干燥，日照充足（滚滚君在动辄三十多度酷暑炎炎的大北京遥想下英伦盛夏：干燥！日照充足！关键是，才20℃！滚滚君举双脚同意英伦盛夏最美！）。从莎大叔扯到天气，扯远了。莎氏十四行，许多大家都译过，滚滚君在译的过程中很想偷个懒，抄袭下大家们的好词好句省省力，但每段译诗读下来，心里除了些"莫名其妙"就是些不厚道的"呵呵"。话说梁实秋老师，他那些写生活写吃食的散文集，是滚滚君年少时的枕边书。黑漆漆的夜里，滚滚君常化身饕餮，将西施舌、狮子头、八宝饭、拌梨丝吃个七零八落。但梁老师译的十四行？初读是各种的不敢置信，毕竟手边没有纸质译本，但读多几首，习惯了梁老师的译诗风格，心里凉得七七八八，也就能自觉给偶像找台阶下：梁老师是大生活家，奢望他沾染些徐（志摩）老师的浪漫奢华无病呻吟气息，是滚滚君的错。但徐老师为什么不译十四行呢？英文不够好？时间不够多？我们都知道徐老师遭遇空难，一切结束得太突然。

滚滚君私下里觉得，莎氏十四行，若是由徐志摩老师或者林徽因老师来译，应该更像诗。林徽因老师诗曰："你是四月早天里的云烟，黄昏吹着风的软。"莎氏十四行第3首有这样的句子：Thou art thy mother's glass, and she in thee, Calls back the lovely April of her prime.（滚滚君译："你是母亲的菱镜，折射她四月天的灿烂。"）林老师英文了得，诗文亦惊艳，若由她来译莎氏十四行……诗文不知会美成什么样。又扯远了，林老师版的莎氏十四行滚滚君无缘拜读，闲了品品美食偶像梁实秋老师版莎氏十四行译诗，读来读去，滚滚君心目中谈笑自若的梁老师隐约有了"呆若木鸡"的神韵。而曹明伦教授，依旧是一副不苟言笑的模样：每个英文单词均有汉字对应，连 for 这样的小词亦照顾得周到（For never-resting time leads summer on，曹老师说：for 这个词一定要译出来）。严谨的态度赞一个！但在译莎氏十四行这件事上，弹指一挥间的灵动潇洒似乎比"严谨"更重要？（老师拍桌：大滚滚你天马行空，所以鼓吹"弹指一挥"！速速滚去弹棉花！）第二段原诗是这样：

For never-resting time leads summer on
To hideous winter, and confounds him there:
Sap checked with frost, and lusty leaves quite gone,
Beauty o'er-snowed and bareness every where;

大家们的译是这样——

梁实秋老师译：

永无休止的时间引导着夏季
到可怕的冬天,就在那里把它毁伤:
浆液被寒霜凝结,绿叶全无踪迹,
美貌覆上了冰雪,到处一片凄凉;

曹明伦教授译:

因为永不停息的时光总会把夏天
引到可怕的冬季并把它毁在那里:
严霜扼杀生机,青枝绿叶均不见,
冰雪掩埋美景,满目皆荒凉凄迷;

大滚滚的译是这样——

叹时光之步履,匆匆白驹过隙,
引盛夏至严冬,囚芳华于肃寂。
寒霜扼尽生机,繁茂枝叶空忆。
冬雪倾覆美景,荒野浩瀚无垠。

"confound"这个词,英文原意是挫败、使混乱。时光引导盛夏到冬季,并将他"confound"在冬季,这是什么意思? 滚滚君虚心学习后发现,几位大家的译基本上都杀气腾腾,诸如"毁灭""毁伤""摧毁"等等（老师们都喜欢打打杀杀各种"剁"，你们是不是文人啊喂？）。滚滚君觉得，译的方法有许多种，画形画影是一种，画魂是另一种，孰高孰低不好说，众口难调。但优秀的译者，一定是胸怀全局，却又着眼细微的。四季不灭，只是在不停轮回，与"毁灭""摧毁"有啥关系？盛夏入冬，亦只是暂入困局，来年再战，依旧枝青叶碧。梁实秋老师的这段译，意思倒是都到了，但字词功夫……滚滚君真没法儿像赞"拌梨丝"那样赞他的译诗。曹老师的译毁在一句"把它毁在那里"，但那句"严霜扼杀生机"还是很赞的，比梁老师高出一段。滚滚君不敢说自己的"弹指一挥"有多好，但自认为比老师们的描摹更具画面感和韵律感，也更抒情。也许有人会说：老师们那范儿才是正宗英伦十四行。但滚滚君觉得，十四行的韵和规则只适合英文用，照搬挪用只能是南橘北枳的效果。将莎氏十四行译成中文，目的就是要让不懂英文的国人也能欣赏经典的风采，体验英语世界中魅力百年不衰的诗歌之魅力，做不到应该算失败吧？哪怕 abab cdcd 这种英文或拼音的神韵你押得天下无双。

再来说说第三段。也许是滚滚君小黄书看多了（什么十五度灰啪啪啪之类的），总觉得这第三段有些黄黄的。莎大叔是著名好基友，他的十四行几乎都是写给"美若女子"的同志爱人南安普顿伯爵三世亨利·里奥谢思利。每每译到莎氏十四行中的鸡汤精华，滚滚君都有些莫名（什么珍惜时光多搞基，早生贵子传美名云云……又瞎扯了）。见过基友秀恩爱，但赋诗劝基友早生贵子的……呃，好像莎大叔一枝独秀？大不列颠腐国基友文化素质排行榜莎大叔必须名列三甲！但是，当金句 Then were not summer's distillation left, A liquid prisoner pent in walls of glass 在滚滚君眼前闪耀时，一切便豁然开朗。网上看到这样的神译："夏日精髓无踪影，精液囚锢玻璃幢。"滚滚君整个人都精神了，抿口酽茶，晃晃大脑洞，于无形中续写道："酷暑炎炎撸货疲，强撸灰飞共凄凄"。（老师：大滚滚，你快滚出去！）又乱扯了，sorry 哈。

这首十四行第三段的意思，滚滚君白话：基友你这么美，如果没有子嗣，谁来传承你的美貌？百年后谁还记得你啊？（待滚滚君空闲了写篇论文《论莎氏十四行"美貌传承"主题的一百种花式打开》。）还不赶紧地找个地方存些"精华"（这话太流氓！但莎大叔那玻璃瓶实在引人遐想！）。这段的译法，滚滚君用的是反译，即不说"如果不怎样怎样，就不能怎样怎样"，而说"应该怎样怎样，才能怎样怎样"。莎氏十四行是可以有许多花样译法的，不拘泥于十四行格式才会有百花齐放的解决方案。滚滚君个人觉得，第三段中比较难译的应该是最后两句：Beauty's effect with beauty were bereft, Nor it, nor no remembrance what it was，意思明明白白，但若是用诗的语言来表达，仅"Beauty's effect"这两词的译法，选词上就反复修改了五六七八次不止。滚滚君绞尽脑汁而不得时读了读几位大家的译，妄图汲取些灵感，认真学习后收获呵呵三五声。梁实秋老师译的莎氏十四行，总让滚滚君觉得他是在"韬光"，在"养晦"（散文写太好，反差太强烈）："美的芬芳和美的本身将一起被糟蹋。本身无存，也没有什么可供回忆"（梁实秋老师版莎氏十四行译诗的这个写意味儿……也是一种美）。总之，这两个句子，让滚滚君掉了三四五六根头发。

写到这里，滚滚君也是心力交瘁到了"尽瘁"的地步，喝杯养血清脑颗粒补补脑，清醒下神智。最后两句，感谢莎大叔没挖坑，明明白白他的心，滚滚君轻松解码。

名家译诗欣赏

莎士比亚十四行诗第5首／梁宗岱译
那些时辰曾经用轻盈的细工
织就着众目共注的可爱明眸，

终有天对它摆出魔王的面孔,

把绝代佳丽剁成龙钟的老丑;

因为不舍昼夜的时光把盛夏

带到狰狞的冬天去把它结果:

生机被严霜窒息,绿叶又全下,

白雪掩埋了美,满目是赤裸裸;

那时候如果夏天尚未经提炼,

让它凝成香露锁在玻璃瓶里,

美和美的流泽将一起被截断,

美,和美的记忆都无人再提起。

但提炼过的花,纵和冬天抗衡,

只失掉颜色,却永远吐着清芬。

*摘自《莎士比亚十四行诗全集》,梁宗岱译,四川人民出版社,1983年

莎士比亚十四行诗第5首/梁实秋译

时间,以巧妙的手艺创造

那众人瞩目的可爱的容颜,

有一日要对它变得非常粗暴,

把那绝世之姿变成丑陋不堪;

永无休止的时间引导着夏季

到可怕的冬天,就在那里把它毁伤:

浆液被寒霜凝结,绿叶全无踪迹,

美貌覆上了冰雪，到处一片凄凉；
如在夏季不曾提炼香花的精华，
把那香水密封在玻璃瓶里，
美的芬芳和美的本身将一起被糟蹋。
本身无存，也没有什么可供回忆。
花儿一经提炼，纵然遇到冬天，
只是花颜失色，其芬芳永在人间。

*摘自《莎士比亚全集》，梁实秋译，台湾远东图书公司，1986年

莎士比亚十四行诗第5首 / 曹明伦译

那些时令，那些曾用精湛的工艺
造就了这众人瞩目的明眸的时令，
也终将对这同一双眸子横施暴戾，
而且让超凡绝伦的美艳不再迷人；
因为永不停息的时光总会把夏天
引到可怕的冬季并把它毁在那里：
严霜扼杀生机，青枝绿叶均不见，
冰雪掩埋美景，满目皆荒凉凄迷；
到那时，倘若没留下夏日的精髓，
没留下提炼的香露囚于水晶高墙，
美之风韵就将随美一道香消色退，
无论美和美的记忆都将被人淡忘。

可经过提炼的香花纵然面对严冬,

也只失却其表;而美质依然永恒。

*摘自《莎士比亚十四行诗全集》,曹明伦译,漓江出版社,1995年

第七篇

我细数时针的脚步,听光阴低语
见朗朗白昼坠入夜的狰狞

——莎士比亚十四行诗第12首

滚滚君略读了一遍莎氏十四行第6至11首,一路前行来到小十二面前。莎氏十四行第12首,除了最后两句点题情怀偏世俗了些,看在滚滚君眼里,字字句句倒很是有些面目清新的小可爱模样。这首十四行,说的还是光阴的故事,抒情的景物亦是常见:滴答的时钟、白天黑夜、大娇花、大绿树、大青苗、大麦芒、美人的颜。但这些寻常景物,经莎大叔描摹,呈现的却是一副令人心旷神怡的风景画,美景当前,时光的无情更令人唏嘘。

莎士比亚十四行诗第12首／滚滚君译

我细数时针的脚步，听光阴低语，
见朗朗白昼坠入夜的狰狞。
我凝眸紫罗兰的绚丽，见证花季凋零，
听卷曲的青丝在岁月里赋一首白头吟。
当参天的大树繁叶落尽，
成群的牛羊失去避暑的绿荫。
当盛夏的青苗捆束成秋景，
时光的挽歌里，硬挺的麦芒泛白了长须。
这一切的一切令我置疑你的美貌，
于时光的废墟里，你终将缥缈。
青春的佳丽总是将流光轻抛，
新蕊初绽时，旧颜已在尘土飘摇。
时光似利刃，问谁敢与之倨傲，
森森刀影里，唯子嗣的光芒令你含笑。

我凝眸紫罗兰的绚丽，见证花季凋零
听卷曲的青丝在岁月里赋一首白头吟

Sonnet 12

When I do count the clock that tells the time,
And see the brave day sunk in hideous night;
When I behold the violet past prime,
And sable curls all silvered o'er with white;
When lofty trees I see barren of leaves,
Which erst from heat did canopy the herd,
And summer's green all girded up in sheaves,
Borne on the bier with white and bristly beard;
Then of thy beauty do I question make,
That thou among the wastes of time must go,
Since sweets and beauties do themselves forsake,
And die as fast as they see others grow;
And nothing 'gainst Time's scythe can make defence
Save breed, to brave him when he takes thee hence.

滚滚君略读了一遍莎氏十四行第六、七、八、九、十、十一,一路前行来到小十二面前。莎氏十四行第12首,除了最后两句点题情怀偏世俗了些,看在滚滚君眼里,字字句句倒很是有些面目清新的小可爱模样。这首十四行,说的还是光阴的故事,抒情的景物亦是常见:滴答的时钟、白天黑夜、大娇花、大绿树、大青苗、大麦芒、美人的颜。但这些寻常景物,经莎大叔描摹,呈现的却是一副令人心旷神怡的风景画,美景当前,时光的无情更令人唏嘘。

全诗第一段:

When I do count the clock that tells the time,
And see the brave day sunk in hideous night;
When I behold the violet past prime,
And sable curls all silvered o'er with white;

我们先学习老师的译本——

曹明伦教授译:

当我计算着时钟报出的时辰,
果果白昼坠入狰狞的黑夜;

当我看到紫罗兰终香消色尽,
乌黑的青丝变成了皓发如雪;

梁实秋老师译:

我数着报时的钟声,
看着大好的白昼陷入夜晚;
我看到紫罗兰开过了全盛,
一层银白罩上了貂黑的发卷;

两位老师的译都是直译的典范,修辞亦得体到位,但滚滚君以为,老师们的译诗,字里行间少了些原作的诗意。四句原诗,用词是十分精妙的,押的韵也十分巧,滚滚君读时,大脑洞里便有了画面,有了诗意,译成文字,就是这样了:

我细数时针的脚步,听光阴低语,
见朗朗白昼坠入夜的狰狞。
我凝眸紫罗兰的绚丽,见证花季凋零,
听卷曲的青丝在岁月里赋一首白头吟。

滚滚君的这段译,是在通读了四句原诗基础上的意译。滚滚君认为,译诗和译文是完完全全的两回事。译技术文档,译者完全没有发挥余地,只能有一译一,有二译二(滚滚君说:技术文档翻译绝对是一桩严谨枯燥但价值极高价钱极好的买卖)。译小说散文,因为篇幅长,译者可以清晰地了解到原作者的创作思路,在表述上也可以娓娓道来。但诗歌是非常精炼的东西,篇幅短,字词少。优秀的诗作者,都是用凝练的字词表情达意的高手,简单的几个字,一经他们排列,便有了微妙的诗意。所以呢,滚滚君以为,优秀的诗词译者,不仅应该具备上好的文字功底、字词功夫(也许有人要提读懂原作的能力。那是基本功,提示该能力的同学,我就不呵呵你了),还必须兼备读懂诗意、表达诗意的能力(此处有自夸嫌疑)。读这首小十二时,滚滚君有种错觉,就是字里行间似乎有"光阴易逝"几个大字在飘来荡去,so,译这首诗时,滚滚君多次强调了"光阴""岁月""时光"这几个白而又白的字眼。"我细数时针的脚步,听光阴低语,见朗朗白昼坠入夜的狰狞",滚滚君很不谦虚地陶醉在自己的这句译里。译者,工匠也,雕词琢句是项技术活。译的过程中,在不影响原意的前提下,词性是可以改变的,而诗意往往就在这些微小的改动间呈现——你承不承认,它都在那里。

在滚滚君的脑洞里,莎大叔浪漫多情、多愁善感又有些小怯懦。盛夏的大碧绿于他是最美的,所谓的金秋,在他眼里那简直就是渣,因为英伦那地方,熬到盛夏才阳光明媚些,一年三分之二的时间都在下雨，不多愁善感也是难。说他小怯懦，因为莎大叔他真的怕黑啊！在滚滚君读过的几首十四行中，漆黑的夜在莎大叔眼中就没有一次是美的，不是"狰狞"就是"死神的化身"。滚滚君心底其实是有些瞧不上畏黑男的，但这露怯的人是流芳百世的莎大叔，所以……就没有所以了。美国诗人 Vachel Lindsay（维切尔·林赛）写过一首 The Traveller-Heart（《漂泊的心》），十分有气势：

The Traveller-Heart
I would be one with the dark-bright night
When sparkling skies and the lightning wed-
Walking on with the vicious wind
By roads whence even the dogs have fled.

I would be one with the sacred earth
On to the end, till I sleep with the dead.
Terror shall put no spears through me.
Peace shall jewel my shroud instead.

I shall be one with all pit-black things
Finding their lowering threat unsaid:
Stars for my pillow there in the gloom,-

Oak-roots arching about my head!

《漂泊的心》/ 滚滚君译：

我愿与璀璨的暗夜融为一体，
当闪亮的天空与雷电奏响婚礼序曲——
呼啸的狂风耳畔轰鸣，
漆黑的夜路，连犬类都逃避。

我愿与圣洁的土地融为一体，
行至生命尽头，与亡者同眠。
恐惧无力洞穿我祥和心灵。
安宁如珠宝，缀饰在我寿衣。

我愿与所有的邪恶结伴同行，
挖掘未曾言明的威胁，找寻卑劣的痕迹：
幽暗中，星辰灿灿荐我枕席，——
橡树根须，庞然拱起将我遮蔽！

在林赛的笔下，夜色是"dark bright"的，而这样"璀璨"的夜又有着怎样的真面目？雷声轰鸣、电光闪闪、狂风呼啸，连流浪狗都不敢上路！诗人的心声是什么？"我愿与璀璨的暗夜融为一体,当闪亮的天空与雷电奏响婚礼序曲。"不仅对黑夜无畏,对所有黑暗的东西,林赛也都是无惧的。"我愿与所有的邪恶结伴同行,挖掘未曾言明的威胁,找寻卑劣的痕迹",这是怎样一颗无所畏惧的心?!而他又偏偏是浪漫的,诗情画意的:"幽暗中,星辰灿灿荐我枕席,橡树根须,庞然拱起将我遮蔽!"

再来说死亡,绝大多数人眼中,死亡是悲催的,令人恐惧催人泪下的,莎大叔动不动就爱拿死亡来说事吓唬基友,而林赛是怎么说的?他说"我愿与圣洁的土地融为一体,行至生命尽头,与亡者同眠",死亡于他,是一件安详平和的事。滚滚君认为,林赛这样的直男,兼勇敢浪漫细腻于一体,更合滚滚君的重口味(一说到勇敢浪漫大叔你就乱滚,赶紧滚回来,速速!)。

小十二的第一段,滚滚君译得较为出彩的句子除了第一句,还有那句"听卷曲的青丝在岁月里赋一首白头吟"。滚滚君以为,译出这样的句子,还是需要些想象力和领悟力的。这样的译好在哪里?首先,它是诗的语言,文字间凝聚了诗意。其次,它描摹了从青丝到白头的过程,令表达更加细腻。再其次,它还押韵(这也可以算理由的?)。曹明伦老师说"乌黑的青丝变成了皓发如雪"。滚滚君以为,既然是"青丝",

"乌黑"就免了吧?(老师:万一有人以为青丝是青色的呢?)另外,虽然"皓发如雪"是个很形象的表述,但"青丝变成皓发如雪"为什么让滚滚君想到某神奇表述:以迅雷不及掩耳盗铃之势……?梁实秋老师说"一层银白罩上了貂黑的发卷",这个……呵呵,滚滚君眼前飘过顶着满头貂黑发卷的大婶,但"一层银白"是个什么东西?洗剪吹神器?这个画面有几分喜感。

全诗第二段,莎大叔写景抒情吓唬基友。"And summer's green all girded up in sheaves, Borne on the bier with white and bristly beard",这两句话直译过来就是:"夏日青苗被捆成一束一束,挺着灰白的须芒被装上灵车"(曹明伦教授译)。这两句诗,可以说是第二段的难点。莎大叔的十四行,读个一两首,对他的情怀可能还不甚明白,但多读几首,他的那些小灰暗小怯懦便一目了然:夜是可怕的,秋天也是可怕的!(赶紧来搞基,love wins!)金秋丰收的喜悦、滚滚麦浪的美,莎大叔完全无感!秋天在他眼里,就是一个"惨"字:无边落木萧萧下,拉粮食的车都是灵车(感觉人生都灰暗了)!而林赛则是这样描写秋景的:

Fruit of the traveller-heart of me,
Fruit of my harvest-songs long sped:

Sweet with the life of my sunburned days
When the sheaves were ripe, and the apples red.

滚滚君译：

我有一颗漂泊的心，累累硕果一路撷取，
丰收的歌谣随风远递；
生活的甜蜜如影随形。
阳光灿烂的日子，我将记取，当麦穗金黄苹果红腻。

与莎大叔相比，滚滚君更喜欢林赛的阳光灿烂。（呃，又跑题了，但跑跑更健康，滚滚君口味偏酸爽，莎大叔的小哀婉多读几首，整个人都要忧伤了。）滚滚君以为，曹老师对夏日青苗（收割后）惨状的翻译完全忠实于原诗字面——"青苗被捆成一束一束"，这样译不是不可以，但与下句连读，容易引发读者理解困难（既然是青苗，何来灰白须芒？）。所以，滚滚君译为："当盛夏的青苗捆束成秋景，时光的挽歌里，硬挺的麦芒泛白了长须。"如何把青苗有"灰白须芒"这事说清楚，如何避开"灵车"这样不够美的字眼，又诗意地表达作者的原意？"青苗捆束成秋景""时光的挽歌里……"，这样的译既诗意地道出了青苗成熟的过程，又表达了莎大叔悲秋的小哀愁，甚好。小十二第二段，曹明伦老师的译是这样：

当我目睹巍巍大树叶落枝秃，
再不能用绿荫把牧人弇遮。
夏日青苗被捆成一束一束，
挺着灰白的须芒被装上灵车。

滚滚君的译文是这样：

当参天的大树繁叶落尽，
成群的牛羊失去避暑的绿荫。
当盛夏的青苗捆束成秋景，
时光的挽歌里，硬挺的麦芒泛白了长须。

全诗第三段，莎大叔暴露内心小狰狞，对美颜各种踩。原诗这样写：

Then of thy beauty do I question make,
That thou among the wastes of time must go,
Since sweets and beauties do themselves forsake,
And die as fast as they see others grow;

这段诗，曹明伦老师这样译：

这时候就会想到你的美丽，
你终将步入时间的荒野，
因为明媚鲜妍总有飘落之时，
一切新蕾初绽自己便会凋谢；

滚滚君这样译：

这一切的一切令我置疑你的美貌，
于时光的废墟里，你终将缥缈。
青春的佳丽总是将流光轻抛，
新蕊初绽时，旧颜已在尘土飘摇。

"Then of thy beauty do I question make" 这句话还原其本来面目应该这么读："Then I do make question of thy beauty"。"make question of" 意思是提出问题，质疑，简单地译成"想起"，似乎有些不达意？莎大叔在一二两段中列举了光阴易逝的种种，此刻理直气壮地质疑基友的美：颜值爆表有啥啊？时间他老人家一样收拾你没商量！时光的垃圾堆喊你去报到！"That thou among the wastes of time must go"（这样向花美男喊话，也是够狠！）这句英文，译成"你终将步入时间的荒野"（曹明伦老师译本）有些语焉不详（在荒野里漫步还是挺美哒，有什么不好吗，老师？），

"wastes"这个词，此处就是废品、垃圾的意思，时光无情，许许多多的人、物、事经不起考验，淘汰为垃圾（比如空有皮相的小美女花美男）。译成"恐怕你要随着时间而被淘汰"（梁实秋老师译本）是忠实于原句的直译，但不够诗意（梁老师版的莎氏十四行，个人风格也是相当浓郁的，滚滚君每每读来，总能体会到老师"嗑着瓜子闲聊八卦"的散文随意范儿）。滚滚君译为"于时光的废墟里，你终将缥缈"（说成大白话就是"你总有一天也得在时间的垃圾堆里废成渣"。）如何化腐朽为神奇，确实是个问题。

"Since sweets and beauties do themselves forsake"这句若直译，就是"因为美妙的事物总要蠲弃自身"（梁实秋老师译）。请原谅滚滚君学浅，"蠲"这字怎么念？滚滚君以为，译诗时选词择字如能兼顾大众阅读赏析能力，应该是极好的。滚滚君的这版莎氏十四行译诗，绝不选用各种生偏难冷汉字，因为真心不识几个生偏难冷字。美女们总是抛弃自己？这话如何理解？其实这段最后两句，莎大叔是说：美人们总是不珍惜光阴，辜负、浪费自己的美貌。小美女们一茬一茬地前仆后继，花骨朵们绽放时，老娇花们可就不值钱了。

全诗最后两句，是莎氏十四行的特色点题。原诗句是这样：

And nothing 'gainst Time's scythe can make defence
Save breed, to brave him when he takes thee hence.

曹明伦老师译：

而时间的镰刀谁也没法抵挡，
唯生息能于你身后与之抵抗。

梁实秋老师译：

时间的镰刀没人能够阻挡，
除非是你被抓走，让孩子去抵抗。

滚滚君译：

时光似利刃，问谁敢与之倨傲，
森森刀影里，唯子嗣的光芒令你含笑。

这两句诗，滚滚君白话：岁月是把刀，它的锋利任谁也无力抵抗，除非你生个一男半女，那么当你垂垂老去时，孩子们能承你衣钵，慰你孤寂，桑榆晚景，其乐融融（古人如此世俗的情怀，滚滚君表示不想懂）。这两句，曹明伦老师的译四平八稳，体现的是直译的原汁原味。梁实秋老师的译,最后一句有喜剧效果,滚滚君想起抓壮丁的故事,笑得哈哈的。滚滚君的译,纯粹意译,有江湖气息扑面而来。如果制成动漫,文本或许是这样:时光是位江湖侠客,从发梢到脚后跟散发着浓浓的高冷气息,手持一柄寒光闪闪利刃(镰刀太土了),身形飘逸,以砍瓜切菜所向披靡之势一路杀到某甲跟前(某甲大包子脸上浓墨重彩地用微软雅黑三号字体写着"吓尿了"三大字)。此时,画风突然一变,自某甲身后跃出一枚萌萌哒福娃,对着高冷时光大侠嘻嘻一笑(使了一招"笑里藏刀"必杀技),大侠无力招架(过程自行脑补),完败。某甲伸手比画大V,全剧终。

莎氏十四行,滚滚君译了若干首,解读也写了若干篇,感觉周遭的喧嚣渐渐隐去,译诗写解读的过程在不自觉中转化为修身养性般的自我修行。文字的解读与领悟不仅磨人心性,亦让人更加关照自己的内心。文字若是美好的,译与解读自然是一种享受,若又潜藏了寓意和智慧,则又添了几分微妙的缘分,漫漫光阴里与有缘的字无心相遇,成就的是一段又一段陶然忘机的倾心。

名家译诗欣赏

莎士比亚十四行诗第 12 首／曹明伦译
当我计算着时钟报出的时辰，
见朗朗白昼坠入狰狞的黑夜；
当我看到紫罗兰终香消色尽，
乌黑的青丝变成了皓发如雪；
当我目睹巍巍大树叶落枝秃，
再不能用绿荫把牧人遮盖。
夏日青苗被捆成一束一束，
挺着灰白的须芒被装上灵车，
这时候就会想到你的美丽，
你终将步入时间的荒野，
因为明媚鲜妍总有飘落之时，
一切新蕾初绽自己便会凋谢；
而时间的镰刀谁也没法抵挡，
唯生息能于你身后与之抵抗。

＊摘自《莎士比亚十四行诗全集》，曹明伦译，漓江出版社，1995 年

莎士比亚十四行诗第 12 首／梁实秋译
我数着报时的钟声，
看着大好的白昼陷入夜晚；

我看到紫罗兰开过了全盛，

一层银白罩上了貂黑的发卷；

我看见曾为牧群遮阴的高树，

如今树叶已经完全脱光，

夏季的绿苗都紧紧捆扎成束，

带着白硬芒须被抬了去埋葬；

于是对于你的美貌我就开始担心，

恐怕你要随着时间而被淘汰，

因为美妙的事物总要蹋弃自身，

很快的死去，看着别个生长起来；

时间的镰刀没人能够阻挡，

除非是你被抓走，让孩子去抵抗。

*摘自《莎士比亚全集》，梁实秋译，台湾远东图书公司，1986年

莎士比亚十四行诗第12首／梁宗岱译

当我数着壁上报时的自鸣钟，

见明媚的白昼坠入狰狞的夜，

当我凝望着紫罗兰老了春容，

青丝的卷发遍洒着皑皑白雪；

当我看见参天的树枝叶尽脱，

它不久前曾荫蔽喘息的牛羊；

夏天的青翠一束一束地就缚，

带着坚挺的白须被舁上殓床；
于是我不禁为你的朱颜焦虑：
终有天你要加入时光的废堆，
既然美和芳菲都把自己抛弃，
眼看着别人生长自己却枯萎；
没什么抵挡得住时光的毒手，
除了生育，当他来要把你拘走。

*摘自《莎士比亚十四行诗全集》，梁宗岱译四川人民出版社，1983年

第八篇

浮生里虚无的幻影,携你至我身旁
亭亭的年华粲粲,你是浮世里最美的春光

——莎士比亚十四行诗第15首

莎士比亚十四行诗,滚滚君始终觉得比较适合经了风霜、有了阅历的闲人读,年纪太轻,心神不定,即使再有文化,基本也是读不太懂。滚滚君从莎氏十四行第一首开始译,也不是每一首都喜欢,没什么感觉的一律直直飘过——既然不是工作,就不用勉强自己。在语言风格上,滚滚君感觉第15首更近似于现代的心灵鸡汤,尤其是前两段。但从创作年代看,这绝对是情真意切的上品心灵野鸡汤。

莎士比亚十四行诗第15首／滚滚君译

世间生长的万物，辉煌须臾般短暂。
人生的舞台泱泱，演出从未散场。
遥遥的星辰灿灿，幻化神秘星象，
剧情起伏跌宕，冥冥中掌控影响。
众生如草木郁郁，繁衍生息不断，
生命的欢欣挫折，受制于同一上苍。
青春璀璨时骄纵，盛极转衰复颓丧，
盛年奕奕的风采，消散于记忆长廊。
浮生里虚无的幻影，携你至我身旁，
亭亭的年华粲粲，你是浮世里最美的春光。
虚掷的光阴无情，从来只与腐朽相协商，
欲度你青春的白昼，至混沌的暗夜茫茫。
我的爱情深意长，为爱你我向时光宣战，
他蚀你青春容颜，我赋你生机盎然。

浮生里虚无的幻影,携你至我身旁

亭亭的年华粲粲,你是浮世里最美的春光

Sonnet 15

When I consider every thing that grows
Holds in perfection but a little moment,
That this huge stage presenteth naught but shows
Whereon the stars in secret influence comment;
When I perceive that men as plants increase,
Cheered and checked even by the selfsame sky;
Vaunt in their youthful sap, at height decrease,
And wear their brave state out of memory:
Then the conceit of this inconstant stay
Sets you most rich in youth before my sight,
Where wasteful time debateth with decay
To change your day of youth to sullied night;
And all in war with time for love for you,
As he takes from you, I engraft you new.

莎士比亚十四行诗，滚滚君始终觉得比较适合经了风霜、有了阅历的闲人读，年纪太轻，心神不定，即使再有文化，基本也是读不太懂。滚滚君从莎氏十四行第一首开始译，也不是每首都喜欢，没什么感觉的一律直直飘过——既然不是工作，就不用勉强自己。这首小十五，从语言风格上看，与滚滚君之前译过的几首有些差别，前两段读来，感觉像是大鸡汤。但在莎大叔那个时代，这样的鸡汤绝对是情真意切的上品心灵野鸡汤。

全诗第一段，写世间万物辉煌皆短暂，人生似舞台，但不管剧情如何跌宕起伏，命运早由大星星在冥冥中安排好了（暗语：基友与我相遇是天意）。这段几位老师的译本，都是极好的直译。滚滚君的译，一味地追求字词美、意境美，有些添油加醋，是赤裸裸的意译。

第二段，写人如草木，终将凋零，盛年的无限风光，亦将被岁月的沙尘磨蚀殆尽，最终在记忆中消散。"wear their brave state out of memory"这个句子补齐，应该是"wear their brave state by time out of memory"。这段的暗语，应该是光阴易逝，青春岁月需珍惜。

全诗第三段，滚滚君以为是这首十四行的精华部分。在这段中,莎大叔以魅惑的文字向基友表达了自己的爱。"Then the conceit of this inconstant stay, Sets you most rich in youth before my sight."这两句情诗,遣词造句是十分的文艺唯美,能写出这样动人句子的大叔,无须颜值加持,单凭文字,即可魅惑人心(前提:对方是知音)。这段诗,滚滚唯美的意译与老师们大白的直译有些差距,但殊途同归,表达的意思还是一毛一样的。

最后两句的点题,滚滚君怀疑老师们互相抄袭,因为那个年代机器翻译尚未问世,老师们不是"接你于新枝",就是"把你重新接枝"或"移植新枝",这让我们晚辈情何以堪?滚滚君只能放过"新枝"。梁实秋老师译本最为戏剧化:"我要为你移植新枝,他要把你的生命夺走。"我的天!其实最后那两句诗意思是说:光阴虚度,容颜亦将受损,但爱情是魔法师,so,基友你懂的。俗话说,爱情是最好的春药,莎大叔还是深谙此道的。

这篇解读,滚滚君写得草草,只因多首十四行一路读来,莎大叔情怀始终如一,而滚滚君又不是个长情的人,久了便有些倦意,再加上诸位前辈的译文翻译腔浓郁,看多了连点评都懒得写,二伏天里,适合休养生息。上周偶遇新人,莎大叔的古雅便有些黯然,但经典的东西自有它不败的气质,滚滚君打算一路莎大叔，一路甲乙丙。

名家译诗欣赏

莎士比亚十四行诗第15首／曹明伦译
当我想到生长于世间的万物
繁荣鼎盛都不过在朝夕之间，
而这座巨大舞台上演的剧目
无不受制于星宿无声的褒贬；
当我看到世人像草木般蕃息，
甚至被同一苍昊劲励和惩戒，
少时气盛争荣，过盛而衰替，
靡丽纷华终成烟云被人忘却；
于是我对这无常浮生之领悟
便把正值绮年的你唤到眼前，
便看见无情岁月与衰颓共谋，
要把你青春的旦昼变成夜晚；
我要同时间抗争，为了爱你，
它把你摧折，我接你于新枝。

＊摘自《莎士比亚十四行诗全集》，曹明伦译，漓江出版社，1995年

莎士比亚十四行诗第15首／梁宗岱译

当我默察一切活泼泼的生机
保持它们的芳菲都不过一瞬,
宇宙的舞台只搬弄一些把戏
被上苍的星宿在冥冥中牵引;
当我发觉人和草木一样蕃衍,
任同一的天把他鼓励和阻挠,
少壮时欣欣向荣,盛极又必反,
繁华和璀璨都被从记忆抹掉;
于是这一切奄忽浮生的征候
便把妙龄的你在我眼前呈列,
眼见残暴的时光与腐朽同谋,
要把你青春的白昼化作黑夜;
为了你的爱我将和时光争持,
他摧折你,我要把你重新接枝。

*摘自《莎士比亚十四行诗全集》,梁宗岱译,四川人民出版社,1983年

莎士比亚十四行诗第15首／梁实秋译

我有时思量,生长的百物
其全盛时期都非常的短暂,
人生舞台只有戏剧的演出,
由满天星斗暗中指导评判;

我有时看出，人和草木一样生长，
受同一老天的鼓舞与训斥，
在青春时候趾高气扬，
盛极而衰，盛况从记忆中消逝；
所以，想到了人生无常，
我愈发觉得你年少翩翩，
这时节光阴正在和毁灭商量，
要把你的灿烂青春变为黑暗的夜晚；
我为了爱你而与光阴奋斗，
我要为你移植新枝，他要把你的生命夺走。

*摘自《莎士比亚全集》，梁实秋译，台湾远东图书公司，1986年

第九篇

如果我能用诗句颂你明眸风光
用无尽的数字铭记你翩翩风采超凡

——莎士比亚十四行诗第 17 首

莎士比亚十四行诗第 17 首,莎大叔又老调重弹,抒发婆妈情怀(什么早生贵子传美貌之类的),这样顾左右而言他的情怀,滚滚君在读了几首十四行后表示有些懂了。

这首十四行,情怀虽然平庸了些,但字词还是极好的。名家译本里,滚滚君最喜欢辜正坤老师的译。

莎士比亚十四行诗第17首/滚滚君译

未来的岁月,谁还能相信我的诗章,
如果字里行间满溢对你的褒赞?
只有上天知道,它是孤坟一座,
藏尽你生平,却未能描摹你芳颜于一半。
如果我能用诗句颂你明眸风光,
用无尽的数字铭记你翩翩风采超凡,
后人将说:"这诗人是在撒谎,
尘世的凡人怎能拥有天仙的面庞?"
当我的诗稿在岁月里泛黄,
世人将嘲笑它似老朽般夸夸其谈。
而你应得的赞美亦将被视为诗人的疯狂,
在古老的歌谣里不知疲倦反复吟唱。
但如果你有子嗣世间流芳,
你的美貌将永世传扬,借子孙的面庞和我的诗章。

如果我能用诗句颂你明眸风光
用无尽的数字铭记你翩翩风采超凡

Sonnet 17

Who will believe my verse in time to come,
If it were fill'd with your most high deserts?
Though yet heaven knows it is but as a tomb
Which hides your life, and shows not half your parts.
If I could write the beauty of your eyes,
And in fresh numbers number all your graces,
The age to come would say 'This poet lies;
Such heavenly touches ne'er touch'd earthly faces.'
So should my papers, yellow'd with their age,
Be scorn'd, like old men of less truth than tongue,
And your true rights be term'd a poet's rage
And stretched metre of an antique song:
But were some child of yours alive that time,
You should live twice, in it, and in my rhyme.

莎士比亚十四行诗第 17 首，莎大叔又老调重弹，抒发婆妈情怀（什么早生贵子传美貌之类的），这样顾左右而言他的情怀，滚滚君在读了几首十四行后表示有些懂了。

这首十四行，情怀虽然平庸了些，但字词还是极好的。滚滚君最喜欢的两句诗是：

If I could write the beauty of your eyes,
And in fresh numbers number all your graces,

曹明伦教授译：

纵然我能够写出你眼睛之漂亮，
用清词丽句绘尽你的俊秀婵娟，

梁实秋老师译：

如果我能写出你的眼睛的漂亮，
以清新的诗句记述你的仪态，

辜正坤教授译：

如果我能描摹你流盼的美目,
把你的千娇百媚织入我的诗行,

滚滚君译:

如果我能用诗句颂你明眸风光,
用无尽的数字铭记你翩翩风采超凡,

滚滚君以为,"write"这个词,译成"写出"是完全忠实于原诗的,但"写出"二字真的不像诗的语言啊老师!名家译本里,滚滚君最喜欢辜正坤老师的译,但认为个别字词尚有可斟酌之处,"your most high deserts"在诗中应该不是指基友的美德。若干首莎氏十四行读下来,滚滚君以为,莎大叔在他的十四行中只赞基友"美貌",对"美德"似乎只字未提。若非得说有,也就是"长得美啊长得美"这一条。

"in fresh numbers",滚滚君按字面曾译成"用清新数字"怎样怎样,但编辑大人表示读不懂。滚滚君想了想,才知自己是犯了译者的通病。"fresh"这个词,原意是清新的、新鲜的,但将"fresh numbers"译成"清新数字"还真是令人费解,数字不是人,没有小鲜肉与老腊肉之分。那么,莎大叔的"fresh numbers"到底做何解呢?应该是大叔觉得已有的 1、2、3、1000……什么的完全不够用，必须得编出些新数字来铭记爱友的风采（滚滚君数学不好，完全不能想象这些新数字的模样）。所以将"fresh numbers"译成"无尽的数字"或许多少还原了些莎大叔的心意。

滚滚君一边译这首十四行一边感慨，这世界从来都是看脸的。

名家译诗欣赏

莎士比亚十四行诗第 17 首／曹明伦译
在未来之日谁会相信我的诗文，
即使通篇都是对你优点的赞歌？
唯天还知道它是一座坟茔，
埋你的生命，难显你的本色。
纵然我能够写出你眼睛之漂亮，
用清词丽句绘尽你的俊秀婵娟，
将来的人也会说"这诗人撒谎；
神笔天工绝不刻画凡夫的容颜。"
于是我这些被岁月染黄的诗章
会被当作聒絮老叟遭人嘲笑，
你应得之赞美则成诗人的狂想，

被说成是一首夸张的古老歌谣:

但如果那时你有个孩子在凡尘,

你将在他身上和我诗里双重永生。

*摘自《莎士比亚十四行诗全集》,曹明伦译,漓江出版社,1995年

莎士比亚十四行诗第17首／梁实秋译

后世谁会相信我的诗篇,

如果里面都是对你绝口称赞?

虽然,天晓得,我的诗像坟一般

遮盖了你的生命,没能表扬你的才华一半。

如果我能写出你的眼睛的漂亮,

以清新的诗句记述你的仪态,

后世定要说,"这诗人说谎;

如此神妙之笔不曾触到凡人脸上来。"

于是我的诗稿,旧得发黄,

被人轻蔑,好像是信口胡说的老人,

把你本来面目看成为诗人的狂想,

一首古代诗歌之夸张的翻新:

但是那时节如果你有子孙,

靠子孙,靠我的诗,你将双倍的永存。

*摘自《莎士比亚全集》,梁实秋译,台湾远东图书公司,1986年

莎士比亚十四行诗第 17 首 / 辜正坤译

将来谁会相信我这些歌唱,

如果你至高的美德溢满诗章?

尽管天知道这只是一座坟墓,

葬着你的命,难使你德行张扬。

如果我能描摹你流盼的美目,

把你的千娇百媚织入我的诗行,

未来的时代会说:"这位诗人撒谎——

这样的天工之笔从未描过尘世的面庞。"

于是我的诗稿带着岁月的熏黄,

将受到嘲弄,像嘲弄饶舌的老头一样。

你应得的礼赞被看作是诗人的狂想,

或看作一首古曲的虚饰夸张:

但如果那时候你有子孙健在,

你就双倍活于他身和我的诗行。

*摘自《莎士比亚十四行诗》,辜正坤译,北京大学出版社,1998 年

第十篇

> 但你是永恒的盛夏,芳华常伴
> 风姿永驻,任时光苒苒
>
> ——莎士比亚十四行诗第18首

莎士比亚十四行诗第18首,这是莎氏十四行中非常经典的一首,许多大家都曾译过。头两句诗(滚滚君译:"可否将你比作盛夏?但她怎及你可爱温婉?")似乎经常被人津津乐道,但滚滚君最喜欢的是第九第十行(滚滚君译:"但你是永恒的盛夏,芳华常伴;风姿永驻,任时光苒苒。")。

美好的字词里,仿佛有细碎阳光在流转,夏日的银杏叶青绿耀眼,隐约于字词间的情意更是绵长。这样的一首十四行,应是芳华绝代。

莎士比亚十四行诗第18首／滚滚君译

可否将你比作盛夏？
但她怎及你可爱温婉？
五月的娇蕊疾风中轻颤，
夏的租期何其短暂。
骄阳偶有热烈却炎炎灼目，
容颜金灿朗朗却时常黯淡。
每一种美丽总有凋零的时光，
因机缘巧合或因四季轮转。
但你是永恒的盛夏，芳华常伴；
风姿永驻，任时光苒苒。
死神亦不能吹嘘曾携你于阴影，
在我不朽的诗句里，你与时光共久长。
只要，人世尚有烟火，双眸尚能凝望，
我的诗句将流传，你，亦将永芳。

每一种美丽总有凋零的时光
因机缘巧合或因四季轮转

Sonnet 18

Shall I compare thee to a summer's day?
Thou art more lovely and more temperate:
Rough winds do shake the darling buds of May,
And summer's lease hath all too short a date:
Sometime too hot the eye of heaven shines,
And often is his gold complexion dimm'd;
And every fair from fair sometime declines,
By chance or nature's changing course untrimm'd;
But thy eternal summer shall not fade,
Nor lose possession of that fair thou owest;
Nor shall Death brag thou wander'st in his shade,
When in eternal lines to time thou growest:
So long as men can breathe or eyes can see,
So long lives this and this gives life to thee.

莎士比亚十四行诗第18首，怎么说呢，这是莎氏十四行中非常经典的一首，许多大家都曾译过。其中最经典、最经常被拿来说事儿的应该是这两句：

Shall I compare thee to a summer's day?
Thou art more lovely and more temperate:

滚滚君译：

可否将你比作盛夏？
但她怎及你可爱温婉？

这两句原诗读来是个什么感觉？滚滚君曾聆听过三体合一（集剑桥学霸、片场劳模、资深文学爱好者于一体）的英伦男神汤姆·希德勒斯顿（Tom Hiddleston）质朴深情的朗诵，以为可以用两句大唐古诗来总结那次的视听体验："忽如一夜春风来，千树万树梨花开"。

曾有人质疑滚滚，第一句诗中的"a summer's day"难道不是应该译成"夏日的一天"？为什么是"盛夏"？如此"高深"（读"幼稚"）的问题，滚滚君表示十分为难啊！滚滚君以为，译诗是件比较难办的事，直译意译都是不够的，还得加上译者的创作。莎士比亚十四行诗在英语世界璀璨了四百年，小18又是十四行中倍享声誉的一首，那么，问题来了，如何将英文的熠熠转换成美好的中文字词？我们是该选择"夏季的一天"这样的翻译体，还是"盛夏"这样有色彩的字词？说到盛夏，国人想到的可能是"挥汗如雨"，而英伦三岛的盛夏却是一年中最温婉美好的季节。将基友比喻成美好的盛夏，却又说它不及基友可爱温婉，爱人的美貌跃然纸上。阳光灿烂的季节，莎大叔为基友写下美好的十四行，诗曰：

But thy eternal summer shall not fade,
Nor lose possession of that fair thou owest;
Nor shall Death brag thou wander'st in his shade,
When in eternal lines to time thou growest:

滚滚君译：

但你是永恒的盛夏，芳华常伴；
风姿永驻，任时光苒苒。
死神亦不能吹嘘曾携你于阴影，
在我不朽的诗句里，你与时光共久长。

这是滚滚君非常喜欢的四句诗。美好的字词里，仿佛有细碎阳光在流转，夏日的银杏叶青绿耀眼，隐约于字词间的情意更是绵长。前辈大师们的译，滚滚君已不想再评论，莎氏十四行的爱好者们可自行百度前辈大作。滚滚君的译，不过是希望还原原诗的美貌。

译完这首十四行，滚滚君曾垂着涎妄想：如果有人为某滚写这样美的诗句，某滚绝壁会不分男女老少地爱上Ta（残酷冰冷的现实是：自己买花自己戴，自己译诗自己爱……看清真相的滚滚君眼泪落下来）。

名家译诗欣赏

莎士比亚十四行诗第18首／曹明伦译
我是否可以把你比喻成夏天？
虽然你比夏天更可爱更温和：
狂风会使五月娇蕾红消香断，
夏天拥有的时日也转瞬即过；
有时天空之巨眼目光太炽热，
它金灿灿的面色也常被遮暗；
而千芳万艳都终将凋零飘落，
被时运天道之更替剥尽红颜；

但你永恒的夏天将没有止尽,
你所拥有的美貌也不会消失,
死神终难夸口你游荡于死荫,
当你在不朽的诗中永葆盛时;
只要有人类生存,或人有眼睛,
我的诗就会流传并赋予你生命。

*摘自《莎士比亚十四行诗全集》,曹明伦译,漓江出版社,1995年

第十一篇

四季的悲欢在你飞逝的身影中交替轮转
广袤的世界在你疾驰的步履间倍受摧残

——莎士比亚十四行诗第 19 首

当初译这首十四行时,是七八月份的光景,炎热的天气令滚滚君心生烦躁。每个周末只是译诗发朋友圈草草交差。

12 月来临时,滚滚君翻出这首十四行,天冷的时候读读情诗,借莎大叔的痴情取个暖。寂寂光阴里,滚滚君再次膜拜莎大叔卓越超群的想象力和文字驾驭能力。时光的无情和基友的美颜似乎是莎氏十四行永恒的主题。

莎士比亚十四行诗第 19 首／滚滚君译

吞噬一切的时光啊，你将雄狮的利爪磨钝，
你让大地吞噬她可爱的子孙，
你将利齿自猛虎口中拔取，
你令永生的凤凰浴血燃焚。
四季的悲欢在你飞逝的身影中交替轮转，
广袤的世界在你疾驰的步履间倍受摧残，
迟暮的美丽因你的飞度悉数黯然。
但我，禁止你犯下这世上最邪恶的罪状：
你怎敢在我爱人的俊眉上雕刻时光？
或用你古老的画笔描摹岁月行行？
怎能允许你流年的风尘将他玷染？
我要他美的容颜永世流传。
老朽的时光啊，你尽管作恶多端，
我的爱终将在我的诗句里青春永绽。

四季的悲欢在你飞逝的身影中交替轮转

广袤的世界在你疾驰的步履间倍受摧残

Sonnet 19

Devouring Time, blunt thou the lion's paws,
And make the earth devour her own sweet brood;
Pluck the keen teeth from the fierce tiger's jaws,
And burn the long-liv'd phoenix, in her blood;
Make glad and sorry seasons as thou fleet'st,
And do whate'er thou wilt, swift-footed Time,
To the wide world and all her fading sweets;
But I forbid thee one most heinous crime:
O! carve not with thy hours my love's fair brow,
Nor draw no lines there with thine antique pen;
Him in thy course untainted do allow,
For beauty's pattern to succeeding men.
Yet, do thy worst old Time: despite thy wrong,
My love shall in my verse ever live young.

莎士比亚十四行诗第 19 首，这首诗的随笔，滚滚在译完数月后补写。当初译这首十四行时，应该还是北京的盛夏，七八月份的光景，炎热的天气令滚滚君心生烦躁。而莎氏的十四行，写来写去，都离不开情诗的框框。夏日里的滚滚不耐情诗的甜腻，每个周末只是译诗发朋友圈草草交差，解读或随笔什么的，一个字都不想写。夏日似乎不适合谈情说爱，傍晚在海边吹吹清爽的风，瞭望遥远的海岸线，似乎才是消夏正解。

12 月来临时，滚滚君翻出这首十四行，天冷的时候读读情诗，借莎大叔的痴情取个暖。寂寂光阴里，滚滚君再次膜拜莎大叔卓越超群的想象力和文字驾驭能力，时光的无情和基友的美颜似乎是沙氏十四行永恒的主题。

这首十四行中，滚滚君最喜欢的三句诗是：

Make glad and sorry seasons as thou fleet'st,
And do whate'er thou wilt, swift-footed Time,
To the wide world and all her fading sweets;

曹明伦教授译：

似箭的光阴哟，任你恣意妄为，

让四季在你的飞逝中悲欢离合,
让世界和世间尤物都花谢花飞;

梁实秋教授译:

你一面飞驰,一面造成多少欢欣悲戚,
捷足的时间哟,这广大的世界
及一切美好脆弱的东西由你随便处理;

滚滚君译:

四季的悲欢在你飞逝的身影中交替轮转,
广袤的世界在你疾驰的步履间倍受摧残,
迟暮的美丽因你的飞度悉数黯然。

这三句诗,措辞精巧,读来别有韵味。滚滚君想起南唐李煜的名句:"林花谢了春红,太匆匆。无奈朝来寒雨晚来风。"同样抒的是"东风无力百花残"的情,但莎大叔在曲终高歌:"老朽的时光啊,你尽管作恶多端,我的爱终将在我的诗句里青春永绽!"(这心气,真高!)而李后主则是从头到尾嘤嘤嘤:"胭脂泪,留人醉,几时重。自是人生长恨水长东。"(哀!怎一个孱弱了得!)但不管情怀如何不同,不可否认的是，两位古人都是文字高手。

名家译诗欣赏

莎士比亚十四行诗第19首 / 曹明伦译
贪婪的时光哟，去磨钝狮爪吧，
并让大地吞噬自己可爱的子孙；
从凶猛的老虎口中拔出其利牙，
让不死鸟断种绝根被烧成灰烬；
似箭的光阴哟，任你恣意妄为，
让四季在你的飞逝中悲欢离合，
让世界和世间尤物都花谢花飞；
但我不许你去犯这桩滔天罪过：
别把岁月之痕刻在我爱友眉间，
别用你老朽的画笔在那儿涂抹；
请容他在你的跑道上纤尘不染，
为人类后代子孙留下美之楷模。
但老迈的时间哟，不管你有多狠，
我爱友仍将在你的诗中永葆青春。

*摘自自《莎士比亚十四行诗全集》，曹明伦译，漓江出版社，1995年

莎士比亚十四行诗第19首／梁实秋译

吞噬一切的时间啊,你磨钝狮子的爪,
你使尘世吞食她自己的亲生孩子;
从猛虎嘴里把锐利的牙齿拔掉,
把长命的凤凰活生生的自行烧死;
你一面飞驰,一面造成多少欢欣悲戚,
捷足的时间哟,这广大的世界
及一切美好脆弱的东西由你随便处理;
但我不准你做一桩最可恶的祸害:
别在我的爱友的额上镌刻横纹,
也别用你的笔在脸上胡乱画线:
你在途中不要让他受到伤损,
好给后世的男人留一个美貌的模范。
不过你尽管发威,时间,不怕你为害,
我的好友在我的诗里将青春永在。

*摘自《莎士比亚全集》,梁实秋译,台湾远东图书公司,1986年

第十二篇

如果你的青春还在熠熠闪耀
我镜中的容颜怎肯苍老

——莎士比亚十四行诗第22首

寒冬又至,滚滚君最近偏爱查遗补漏,闲时重读略过不译的莎氏十四行,又捡出这首 Sonnet 22。也许是天寒的缘故,莎大叔的深情款款看在滚滚君眼里不再腻味,灵感来袭时,认真译了这首情诗。

我心缱绻你心房,你心在我心港停靠,
所以,我如何能先你而老?

莎大叔的十四行,随便读两句都是深情的告白。天寒地冻时分,读美好的莎氏十四行,借一壶茶的温热和莎大叔的如斯深情,温暖一段段冰冷时光。

莎士比亚十四行诗第 22 首／滚滚君译

我镜中的容颜怎肯苍老？
如果你的青春还在熠熠闪耀？
但如果时光的沟壑蚀你眼角眉梢，
死神的脚步悄悄，我的岁月寥寥。
你所拥有的全部美貌，
不过是我心华丽的外表。
我心缱绻你心房，你心在我心港停靠，
所以，我如何能先你而老？
啊！亲爱的你，请爱惜自己，
而我亦将珍重，不为自己却是为你，
心怀你的心，我将加倍珍惜，
如温柔看护，护婴儿远离疾病。
如果我心遭遇凌迟，你心又怎能完璧？
你的心在我心里，收回应是无期。

如果我心遭遇凌迟,你心又怎能完璧

你的心在我心里,收回应是无期

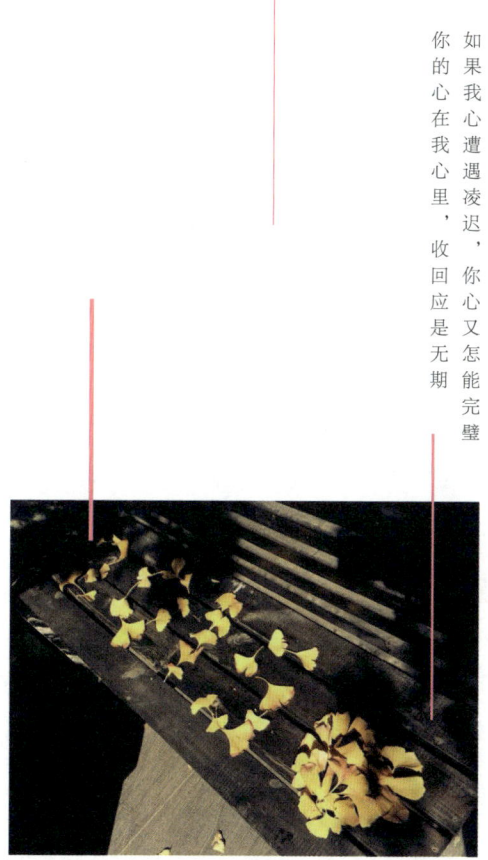

Sonnet 22

My glass shall not persuade me I am old,
So long as youth and thou are of one date;
But when in thee time's furrows I behold,
Then look I death my days should expiate.
For all that beauty that doth cover thee
Is but the seemly raiment of my heart,
Which in thy breast doth live, as thine in me;
How can I then be elder than thou art?
O! therefore love, be of thyself so wary,
As I, not for myself, but for thee will;
Bearing thy heart, which I will keep so chary
As tender nurse her babe from faring ill.
Presume not on thy heart when mine is slain,
Thou gav'st me thine not to give back again.

名家译诗欣赏

莎士比亚十四行诗第 22 首 / 梁实秋译

我的镜子不能使我承认老朽,

只消青春能与你一同常驻;

但是看到时间在你额上留下犁沟,

我就要提防死将把我的一生结束。

因为你所拥有的一切的美丽,

只像是我的心所披上的服装,

我的心住在你胸里,你的心住在我胸里;

我如何能是比你更为年长?

所以啊,朋友,你要珍重自己,

像我不为自己而为你那样的珍重;

怀抱着你的心,我要小心翼翼,

像是慈爱的乳母维护她的孩婴。

我心一死,莫想把你的心再收回去;

你已把心给了我,我不能再还给你。

*摘自《莎士比亚全集》,梁实秋译,台湾远东图书公司,1986 年

莎士比亚十四行诗第 22 首 / 曹明伦译

镜子不会使我相信我已衰朽,

只要青春仍然与你相伴相依;

但当你脸上出现岁月的犁沟,
我就会预见我即将与世长辞。
因为包裹着你的那全部的美
不过是我这颗心合体的衣袍,
我心于你正如你心存我胸内:
那么我怎么可能比你更衰老?
所以哟,爱友,请多多保重,
像我自珍是为你而非为我;
怀着你的心,我会小心慎重,
像慈母的爱婴时时提防病魔。
别以为我心死去你的心不碎,
你既然把心给我就休想收回。

*摘自《莎士比亚十四行诗全集》,曹明伦译,漓江出版社,1995年

第十三篇

爱之默语请悉心读取用双眼倾听,是爱情微妙的智趣
——莎士比亚十四行诗第23首

莎翁十四行第23首,读来仿佛一段委婉心曲。莎大叔因心中爱太深、情太浓而言拙,希望基友能读懂他的眼神,明白他的心意(滚滚君被莎大叔的浓情噎得哆嗦了一小下)。

如台上青涩的戏子,
因为怯场,不能入戏。
……
因忧心无缘你的深信不疑,
我将隆重的爱之表白忘弃。

读这两句诗,仿佛有青衣柔媚的身影在滚滚君深深的脑海飘过,又有梅艳芳哀怨的唱词隐约响起:"恨台上卿卿,或台下我我,不是我跟你"。直面莎大叔的深情,滚滚君表示羡慕嫉妒恨。

莎士比亚十四行诗第23首／滚滚君译

如台上青涩的戏子,
因为怯场,不能入戏。
或似被激怒的猛兽,
内心的狂暴令勇气窒息。
因忧心无缘你的深信不疑,
我将隆重的爱之表白忘弃。
沉重的爱意压抑我心,
爱的力量似在消弭。
哦,让我的双眸传情达意,
于无言中传递爱之心曲。
它祈求你的爱,期盼回应,
无声的倾诉胜过千言万语。
爱之默语请悉心读取,
用双眼倾听,是爱情微妙的智趣。

爱之默语请悉心读取
用双眼倾听，是爱情微妙的智趣

Sonnet 23

As an unperfect actor on the stage,
Who with his fear is put beside his part,
Or some fierce thing replete with too much rage,
Whose strength's abundance weakens his own heart;
So I, for fear of trust, forget to say
The perfect ceremony of love's rite,
And in mine own love's strength seem to decay,
O'ercharg'd with burthen of mine own love's might.
O! let my looks be then the eloquence
And dumb presagers of my speaking breast,
Who plead for love, and look for recompense,
More than that tongue that more hath more express'd.
O! learn to read what silent love hath writ:
To hear with eyes belongs to love's fine wit.

莎翁十四行第23首，读来仿佛一段委婉心曲。因心中爱过浓情太深而言拙，莎大叔希望基友能读懂他的眼神，明白他的心意（滚滚君被莎大叔的浓情噎得哆嗦了一小下）。古今中外，用眼神来传情达意的例子似乎也是不胜枚举。"盈盈一水间，脉脉不能语"，牛郎织女这样的小神仙都知道眼神是传情利器，隔着大银河眉来眼去，眼神得多好？"含情凝睇谢君王，一别音容两渺茫"，贵妃娘娘仙去后依旧擅用眼神，大荔枝什么的都是假的，唯眼神能魅惑君心。

这世上，多情的诗人无数，但似莎大叔这般用情深且专于基友的，似乎也不多见。但这逸事发生在大不列颠腐国，滚滚君以为也是合情合理的。滚滚君在译这首诗的过程中遇到了难题。O! let my looks be then the eloquence, And dumb presagers of my speaking breast，这两个句子，不知老师们为何齐齐将其中的"looks"读成了"books"。在网上几经搜索，滚滚君推断，老师们在译莎氏十四行时可能均参考了英文版的解读，某些版本（可能还是上世纪初比较受追捧的莎氏十四行英文版解读）将"looks"解读成"books"，所以老师们这两句便这样译了——

曹明伦教授译：

哦，那就让我的诗能言善辩，
做我一腔衷情之无声的信使，

梁宗岱教授译：

哦，请让我的诗篇做我的辩士，
替我把缠绵的衷曲默默诉说，

梁实秋老师译：

啊，让我这哑口无声的诗卷
像哑剧一般为我表达满腔的言语，

滚滚君以为，诗句中的"looks"就是"looks"，而非"books"，所以译出的句子是这样：

哦，让我的双眸传情达意，
于无言中传递爱之心曲。

或许老师们满脑子都是"非礼勿视"，眉来眼去这种妖孽勾当，君子们定然十分不屑，将"looks"解读成"books"，倒是妥妥地合了他们的心意：读我的诗啊好基友，字里行间都是爱！但莎大叔最后点题都说了：To hear with eyes belongs to love's fine wit，学会用眼睛跟哥说话，爱的小把戏咱俩悄悄哒（情深深雨蒙蒙的莎大叔，让滚滚君一解读，立刻萌萌哒）。

名家译诗欣赏

莎士比亚十四行诗第23首／曹明伦译
像名功底不足就登台的倡优，
由于怯场而忘了自己的台词；
像一头过分气势汹汹的猛兽，
气急败坏反倒令它心神惶遽。
我就这样因缺少自信而发憷，
忘记了运用情场完美的词令，
不堪承受自己心中爱之重负，
我爱情的力量似乎衰退殆尽。
哦，那就让我的诗能言善辩，
做我一腔衷情之无声的信使，
它会释我爱心并求更多报还，
多于絮叨的舌端获得的赏赐。
请学会解读默默的爱所写所书，

请学会用眼睛来听爱心之深处。

*摘自《莎士比亚十四行诗全集》,曹明伦译,漓江出版社,1995年

莎士比亚十四行诗第23首／梁宗岱译

仿佛舞台上初次演出的戏子
慌乱中竟忘记了自己的角色,
又像被触犯的野兽满腔怒气,
它那过猛的力量反使它胆怯;
同样,缺乏着冷静,我不觉忘掉
举行爱情的仪节的彬彬盛典,
被我爱情的过度重量所压倒,
在我自己的热爱中一息奄奄。
哦,请让我的诗篇做我的辩士,
替我把缠绵的衷曲默默诉说,
它为爱情申诉,并希求着赏赐,
多于那对你絮絮不休的狡舌:
请学会去读缄默的爱的情书,
用眼睛来听原属于爱的妙术。

*摘自《莎士比亚十四行诗全集》,梁宗岱译,四川人民出版社,1983年

莎士比亚十四行诗第23首／梁实秋译

像是舞台上的一个笨拙的演员,

惊慌中忘记了他的戏词,
又像是一只野兽过度的凶残,
雄厚的威力削弱了内心的控制;
所以,我,缺乏自信,忘了说
成篇大套的爱情的辞令,
自己爱得太狠,反倒觉得虚弱,
爱的力量把我压得太沉重。
啊,让我这哑口无声的诗卷
像哑剧一般为我表达满腔的言语,
为我去求爱,为我讨对方的喜欢,
比能言善道的舌头更能畅达情意。
请试读无言之爱所发出来的呼声,
用眼睛来听该是情人应有的本领。

*摘自《莎士比亚全集》,梁实秋译,台湾远东图书公司,1986年

第十四篇

我的双眼是一名画匠 将你倩影深铸我心版

——莎士比亚十四行诗第24首

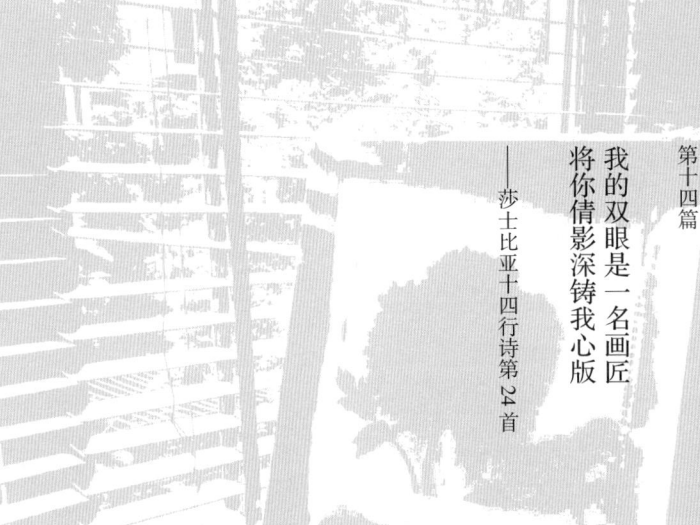

莎氏十四行第24首,说的还是眉目传情。"我的双眼描画你倩影,你的美目开启我心窗",这实在是互惠互利的一桩好事哈哈。滚滚君窃以为,这首十四行,或许是莎翁与基友未定情时写下的情诗。

莎士比亚十四行诗第24首／滚滚君译

我的双眼是一名画匠，
将你倩影深铸我心版。
我的躯体是一幅画框，
高超的画匠掌握透视秘方。
追随画匠你将画技细赏，
找寻你真容在何处珍藏。
你的倩影常驻我心画房，
你的明眸开启画室的窗。
你看四目相对多么美轮美奂：
我的双眼描绘你倩影，
你的美目打开我心窗。
明媚阳光悄悄窥探，透过窗扇将你凝望。
但狡黠的双眸只想为画艺添色增光，
它绘你倩影，却不知你心中所想。

我的双眼是一名画匠
将你倩影深铸我心版

Sonnet 24

Mine eye hath play'd the painter and hath steel'd,
Thy beauty's form in table of my heart;
My body is the frame wherein 'tis held,
And perspective it is best painter's art.
For through the painter must you see his skill,
To find where your true image pictur'd lies,
Which in my bosom's shop is hanging still,
That hath his windows glazed with thine eyes.
Now see what good turns eyes for eyes have done:
Mine eyes have drawn thy shape, and thine for me
Are windows to my breast, where-through the sun
Delights to peep, to gaze therein on thee;
Yet eyes this cunning want to grace their art,
They draw but what they see, know not the heart.

莎氏十四行第24首，说的还是眉目传情。"我的双眼描画你倩影，你的美目开启我心窗"，这实在是互惠互利的一桩好事哈哈。滚滚君窃以为，这首十四行，或许是莎翁与基友未定情时写下的情诗。基友美颜令莎翁倾倒，基友的"眼色"打开他的心窗，天光突然明媚，阳光丝丝缕缕洒到他心底，阴暗的小角落里深藏着美貌基友（哎呦喂，这心思！这婉转！）。《眼色》那歌里唱道："Shakespeare的对白，不再精彩。"（滚滚君说，不精彩也没关系，我们还可以眉来眼去……只是因为在人群中多看了他一眼，他就写了一百多首十四行……这让单身汪们情何以堪啊？）但彼时彼刻，莎大叔心中还是忐忑的，毕竟只是自己一厢情愿的单相思，基友的心思还是海底针，所以他写道：

Yet eyes this cunning want to grace their art,
They draw but what they see, know not the heart.

曹明伦教授译：

不过眼睛还应该完善这门技巧，
它们只画外观，内心却不知道。

梁实秋老师译：

但是眼睛在艺术上还欠缺一点技能，
只能画所看到的东西，不能体会心灵。

滚滚君译：

但狡黠的双眸只想为画艺添色增光，
它绘你倩影，却不知你心中所想。

这两句诗，也是滚滚君十分喜欢的句子，押韵巧妙，措辞优雅，眉眼间的小乐趣于不知觉间一一来到滚滚君眼前。

名家译诗欣赏

莎士比亚十四行诗第24首／曹明伦译
我的眼睛在扮演一名画师，
在心之画板上绘下你的倩影；
这幅肖像的边框是我的身躯，
而透视法是画师的高超技能。
因为要发现藏你真容的地方，
你得透过画师去看他的功夫；
这幅画永远挂在我心中之画廊，

画廊窗户镶着你的灿灿明目。
请看眼睛相互行善有何善报:
我的眼睛描绘出了你的形体,
而你的明眸是我心灵之窗口,
太阳爱透过这窗口把你窥视;
不过眼睛还应该完善这门技巧,
它们只画外观,内心却不知道。

*摘自《莎士比亚十四行诗全集》,曹明伦译,漓江出版社,1995年

莎士比亚十四行诗第24首 / 梁实秋译

我的眼睛权充一个画家,
把你的美貌刻画在我的心版上;
我的身体便是那张画的框架,
透过我的眼睛才能看到最美的画像。
你必须透过我的眼睛才能看到画家的绝技,
因为你的真心的肖像是画在那个地方,
那肖像是永远悬挂在我的心房里,
你的眼睛便是那心房的玻璃窗。
请看眼睛对眼睛多么互相有用处,
我的眼画了你的像,你的眼
为我的胸膛开了窗,经过那窗户
太阳喜欢对着你窥探;

但是眼睛在艺术上还欠缺一点技能,
只能画所看到的东西,不能体会心灵。

*摘自《莎士比亚全集》,梁实秋译,台湾远东图书公司,1986年

第十五篇

> 而幸福的我,与爱侣心心相印
> 我的心不变,爱人的情不移
> ——莎士比亚十四行诗第 25 首

莎士比亚十四行诗第 25 首,说实话,这首原是滚滚君略过不译的,但某日在地铁上乱翻海外挚友送的纸质莎氏十四行(假装懂英文,还乱翻书),无意中瞥到这首,嗯,只是因为在地铁上多看了你一眼。

莎士比亚十四行诗第25首／滚滚君译

那些受星辰眷顾的人们，

尽管将显赫的荣誉与傲人的头衔吹嘘，

而命中无此殊荣的我，

不在虚荣中寻求欢愉。

帝王的宠臣虽展叶承恩遇，

却如烈日下的金盏花，

只能将骄傲深埋心底，

因荣耀即葬身地，只在帝王蹙眉的瞬息。

战功卓绝的勇士辛苦劳形，

但千役之捷的功勋一笔勾去，

只需一次挫败足矣，

他孜孜的所求亦消散如浮云。

而幸福的我，与爱侣心心相印，

我的心不变，爱人的情不移。

帝王的宠臣虽展叶承恩遇
却如烈日下的金盏花
只能将骄傲深埋心底

Sonnet 25

Let those who are in favour with their stars
Of public honour and proud titles boast,
Whilst I, whom fortune of such triumph bars
Unlook'd for joy in that I honour most.
Great princes' favourites their fair leaves spread
But as the marigold at the sun's eye,
And in themselves their pride lies buried,
For at a frown they in their glory die.
The painful warrior famoused for fight,
After a thousand victories once foiled,
Is from the book of honour razed quite,
And all the rest forgot for which he toiled:
Then happy I, that love and am beloved,
Where I may not remove nor be removed.

莎士比亚十四行诗第 25 首，说实话，这首原是滚滚君略过不译的，但某日在地铁上乱翻海外挚友送的纸质莎氏十四行，无意中瞥到这首，嗯，只是因为在地铁上多看了你一眼。在这首十四行里，莎翁写功名利禄皆浮云，滚滚君读来觉得十分妙笔十分传神的句子，当属"For at a frown they in their glory die"。宠臣因荣耀太过而招来杀身之祸，全在君王眉眼之间，莎大叔的文笔真真好。但最后两句，滚滚读来感觉格局有些小气，且有晒幸福之嫌：

Then happy I, that love and am beloved,
Where I may not remove nor be removed.

滚滚君译：

而幸福的我，与爱侣心心相印，
我的心不变，爱人的情不移。

这简直就是赤裸裸的不怕打脸的秀恩爱好不好？！某滚我都不好意思译！还是梁实秋老师表达得比较内敛：

我爱人并且被人爱，我好运气，
我不见异思迁，亦不虞被人抛弃。

这诗里另有一句,滚滚君不敢与诸位大家苟同:

Whilst I, whom fortune of such triumph bars
Unlook'd for joy in that I honour most.

梁实秋老师译:

这种好运固然于我无份
从我最敬爱的人我却得到了喜悦。

曹明伦老师译:

而命中注定无此殊荣的我
则不为人知地去爱我所恋。

滚滚君以为,"Unlook'd for joy in that I honour most"是个夹带嘲讽的句子,莎翁说:我是最最敬重显赫的荣誉(public honour)和傲人的头衔(proud titles)的(that I honour most),但我不会在三俗中孜孜求乐。所以这个句子滚滚君译为:

而命中无此殊荣的我,

不在虚荣中寻求欢愉。

当然,莎大叔虽不屑浮名,却沉沦于基情不可自拔,滚滚君以为……不敢以为。张三搞基,说得再好听,也就是 Love Wins;文豪搞基,那就是"与众不同",随便记录下基情,就是一百四十多首流芳百世的十四行。莎大叔说:你们这些"直"们拿去膜拜吧。

名家译诗欣赏

莎士比亚十四行诗第 25 首 / 梁实秋译
让吉星高照之下的那些人们
夸耀他们的高官显爵,
这种好运固然于我无份
从我最敬爱的人我却得到了喜悦。
帝王宠幸的人们像金盏草,
只是朝着太阳展瓣;
刹时间要收起他们的骄傲,
帝王眉头一皱,他们的光荣就会消散。
以善战著名的忠勇之士,
千次胜利之后只要打败一回,

光荣的史册便要注销他的名字,
以往的勋绩全部付诸流水。
我爱人并且被人爱,我好运气,
我不见异思迁,亦不虞被人抛弃。

*摘自《莎士比亚全集》,梁实秋译,台湾远东图书公司,1986年

莎士比亚十四行诗第25首 / 曹明伦译

就让那些有吉星高照的人
去夸耀其显赫的名声头衔,
而命中注定无此殊荣的我
则不为人知地去爱我所恋。
帝王的宠臣展叶沐浴皇恩,
但就像太阳光下的金盏花,
其绚烂富丽总会葬于自身,
天一阴它们就会失尽荣华。
沙场名将即便是劳苦功高,
若百战百胜之后一旦败北,
也会从荣誉簿上被人勾销,
以往的功勋也都烟灭灰飞。
爱而且被爱,那我真幸运,
我既不会失宠也不会移情。

*摘自《莎士比亚十四行诗全集》,曹明伦译,漓江出版社,1995年

第十六篇

狰狞的夜,你璀璨似珠玉
为暗夜添色,令她苍老的颜焕新
——莎士比亚十四行诗第 27 首

莎士比亚十四行诗第 27 首,原先也是不想译不想译的,大概是被一个男人对另一个男人的缠绵悱恻亮瞎了眼,一时不能接受,只能掩面滚走。如今又滚回来,或许是因为大家们的译不够美,或许是因为秋日的红叶太绚烂,深秋的飞雪太突然,而"穿越大半个中国去生擒你"的心总是那样的不甘。

莎士比亚十四行诗第27首／滚滚君译

不堪疲惫，我匆匆就寝，
旅途劳顿的身躯，终享休憩的馨宁。
但此刻的我，又在脑海中开始远行，
千思万绪劳心，当躯体停止劳役：
我的思绪，冥冥中跋涉千里，
只为将你热烈膜拜，
睡意来袭，我却难赴梦境，
凝望沉沉的夜，那是盲瞳的域：
唯我的灵魂将想象之眼开启，
将你的影呈现在我的心。
狰狞的夜，你璀璨似珠玉，
为暗夜添色，令她苍老的颜焕新。
唉！白昼我的身，夜晚我的心，
为你为我，片刻不得安宁。

狰狞的夜,你璀璨似珠玉

为暗夜添色,令她苍老的颜焕新

Sonnet 27

Weary with toil, I haste me to my bed,
The dear repose for limbs with travel tired;
But then begins a journey in my head
To work my mind, when body's work's expired:
For then my thoughts--from far where I abide—
Intend a zealous pilgrimage to thee,
And keep my drooping eyelids open wide,
Looking on darkness which the blind do see:
Save that my soul's imaginary sight
Presents thy shadow to my sightless view,
Which, like a jewel hung in ghastly night,
Makes black night beauteous, and her old face new.
Lo! thus, by day my limbs, by night my mind,
For thee, and for myself, no quiet find.

这首十四行的随笔，滚滚君断断续续写了一周。闲暇时信笔一译，本心只是还原原诗唯美深情的模样，不想一日恰逢某人穿越大半个中国飞临帝都，恰逢深秋的第一场大雪。余秀华的《穿越大半个中国去睡你》炙热直白，曾引得众多文艺老中青年们跃跃欲试，但滚滚君更喜好内敛含蓄有品格的表达。

莎士比亚十四行诗第 27 首，原先也是不想译不想译的，但学习完两位老师的译诗，滚滚君几乎笑成一只汪。"Weary with toil, I haste me to my bed"，梁宗岱教授译为："精疲力竭，我赶快到床上躺下。"梁实秋老师译为："奔波得疲倦了，我赶快爬上床铺。"老师啊，看到"赶快"二字，滚滚君我"赶快"笑了起来。这首十四行，滚滚君读了几个译本，感觉还是曹明伦教授的译靠谱些，至少曹老师没有译出自带槽点的句子，比如"这样，日里我的腿，夜里我的心，为你、为我自己，都得不着安宁"（梁宗岱教授译本）。梁老师您这是在写小品吗？"日里我的腿"……某滚的膝盖笑弯了。又比如"使我沉重的眼皮睁得大开，呆望着盲人们眼前的一片黑暗"（梁实秋老师译本）。滚滚君窃以为，这两句用来阐释著名成语"呆若木鸡"，想必是极好的。老师们这样恶搞十四行，滚滚君表示十分痛心。

这首十四行，滚滚君当初略过不译的原因，大概是被这诗的

缠绵悱恻亮瞎了眼,一时不能接受。一个男人写情诗给另一个男人:

Lo! Thus, by day my limbs, by night my mind,
For thee, and for myself, no quiet find.

滚滚君译:

唉!白昼我的身,夜晚我的心,
为你为我,片刻不得安宁。

滚滚君耳边响起那句唱词,"每夜唱不停,只为心中一段未了情"。如此的深情(啊不,基情),某滚当时只能掩面滚走。如今又滚回来,或许是因为大家们的译不够美,或许是因为秋日的红叶太绚烂,深秋的飞雪太突然,而"穿越大半个中国去生擒你"的心总是那样的不甘(此句有深意,送给某闺蜜)。

名家译诗欣赏

莎士比亚十四行诗第 27 首 / 梁宗岱译
精疲力竭,我赶快到床上躺下,

去歇息我那整天劳顿的四肢;
但马上我的头脑又整装出发,
以劳我的心,当我身已得休息。
因为我的思想,不辞离乡背井,
虔诚地趱程要到你那里进香,
睁大我这双沉沉欲睡的眼睛,
向着瞎子看得见的黑暗凝望;
不过我的灵魂,凭着它的幻眼,
把你的倩影献给我失明的双眸,
像颗明珠在阴森的夜里高悬,
变老丑的黑夜为明丽的白昼。
这样,日里我的腿,夜里我的心,
为你、为我自己,都得不着安宁。

*摘自《莎士比亚十四行诗全集》,梁宗岱译,四川人民出版社,1983年

莎士比亚十四行诗第27首／曹明伦译

不堪疲惫,我匆匆上床就寝,
好好安歇我旅途困顿的身躯;
但这时脑海里又开始了旅行,
使心灵劳累,当身体在休息;
因此刻我的思绪欲把你朝拜,
不惜历尽天涯之路到你身边,

所以强迫我的睡眼勉强睁开,
可看到的是盲人眼前的黑暗:
唯有我心灵那双想象的明目
把你的身影呈现于我的盲眼,
像一颗宝石高悬在森森夜幕,
使黑夜变美丽,旧貌变新颜。
瞧,白天是我身,夜晚是我心,
为你为我而得不到平静与安宁。

*摘自《莎士比亚十四行诗全集》,曹明伦译,漓江出版社,1995年

莎士比亚十四行诗第27首／梁实秋译

奔波得疲倦了,我赶快爬上床铺,
那是旅途劳顿的肢体休息之所;
但是我的脑子里又走上了一段路,
肉体的劳作停止,心里又要振作:
因为我的情思,从这遥远的所在,
动身前去和你热烈的会面,
使我沉重的眼皮睁得大开,
呆望着盲人们眼前的一片黑暗:
只是我的灵魂之富于幻想的眼睛,
在一片黑暗中看到了你的影像,
恰似一颗宝石悬在漆黑的半天空,

使得黑暗变美,另是一番新的模样。
看,白天我的肢体,夜里我的心灵,
为了想你,为了奔波,永不得安宁。

*摘自《莎士比亚全集》,梁实秋译,台湾远东图书公司,1986年

第十七篇

白昼间奔波劳形,遥夜里相思焚心
路漫漫我跋涉千里,与你相见却是无期

——莎士比亚十四行诗第28首

这样闲适的夜,适合喝茶,译诗,等待暴风雪。一壶酽茶泡至色淡,风雪仍无踪影。这首十四行,莎大叔字里行间的深情,读来"虐心"。"路漫漫我跋涉千里,与你相见却是无期",这样的诗句为长夜平添几分忧伤。

莎士比亚十四行诗第28首／滚滚君译

我如何能愉快地回返，
当疲惫的身心无缘休憩的酣畅？
白昼的劳累于长夜不得舒缓，
日与夜交替，轮番将我摧残。
白昼与黑夜原是宿敌，
折磨我时却齐心协力。
白昼间奔波劳形，遥夜里相思焚心：
路漫漫我跋涉千里，与你相见却是无期。
为博取白昼欢心，我说你灿烂明丽，
若乌云遮蔽天庭，你将赋天颜熠熠。
夜的颜黢黑阴郁，我的言殷勤如许：
若繁星寥落天宇，璀璨如你，当予暗夜更多光明。
但日复一日，白昼日日绵延我的忧伤，
夜复一夜，长夜夜夜深重我的惆怅。

夜的颜黢黑阴郁,我的言殷勤如许
若繁星寥落天宇,璀璨如你,当予暗夜更多光明

Sonnet 28

How can I then return in happy plight,
That am debarred the benefit of rest?
When day's oppression is not eas'd by night,
But day by night and night by day oppress'd,
And each, though enemies to either's reign,
Do in consent shake hands to torture me,
The one by toil, the other to complain
How far I toil, still farther off from thee.
I tell the day, to please him thou art bright,
And dost him grace when clouds do blot the heaven:
So flatter I the swart-complexion'd night,
When sparkling stars twire not thou gild'st the even.
But day doth daily draw my sorrows longer,
And night doth nightly make grief's length seem stronger.

这样闲适的夜，适合喝茶，译诗，等待暴风雪。一壶酽茶泡至色淡，风雪仍无踪影。夜是这样的清静，难得有熬夜的闲暇与心情，将莎氏的一首十四行细细打磨，时光分分秒秒逝去，莎氏十四行的深情与美好于静夜娉婷。

The one by toil, the other to complain
How far I toil, still farther off from thee.

滚滚君译：

白昼间奔波劳形，遥夜里相思焚心；
路漫漫我跋涉千里，与你相见却是无期。

滚滚君在译这两句时想起李商隐的两句诗："君问归期未有期，巴山夜雨涨秋池。"没有半毛钱关系的两个人，都有一颗悱恻的心。在翻译这两句原诗时，滚滚君学习了下各位大家的译。大家们几乎都只是译个字面，滚滚君只能再说一遍：逐字译诗是件十分无趣的事。莎大叔流芳百世的十四行，若逐字来译，只能译成大蜡烛，无色无味。

But day doth daily draw my sorrows longer,
And night doth nightly make grief's length seem stronger.

滚滚君译：

但日复一日，白昼日日绵延我的忧伤，
夜复一夜，长夜夜夜深重我的惆怅。

滚滚君十分满意自己最后两句的译，满满的忧伤文艺范儿。夜色深沉，暖气上的绿植于灯光下更显青翠。将这首十四行再通读一遍，良夜中似有深情萦绕。

名家译诗欣赏

莎士比亚十四行诗第28首 / 曹明伦译

那么我怎能高高兴兴地回返，
既然失去了休息安歇的福分，
既然白天的压近不为夜减缓，
而日夜交替的暴虐没有穷尽？
尽管日夜各自为阵不共戴天，
但为了把我折磨却沆瀣一气，
白天用劳役，黑夜令我愁叹，
我得累多久，总这么远离你。
我取悦白天，说你灿烂辉煌，

当乌云蔽日时你能使他明媚;

我讨好黑夜,说星星若不亮,

你甚至也能够使它熠熠生辉。

可白天天天拖长我的烦忧,

而黑夜夜夜加深我的离愁。

*摘自《莎士比亚十四行诗全集》,曹明伦译,漓江出版社,1995年

莎士比亚十四行诗第28首/梁实秋译

我如何能容光焕发的归去,

既然一点休息也不能得到?

白昼的辛劳,夜里不得休息,

夜以继日日以继夜的受着煎熬,

日与夜,彼此原是敌人,

却携手合作把我来虐待,

一个令我奔波,一个令我怨恨,

如此奔波还是和你这样远的离开。

为了讨好,我对白昼说,你真光明,

乌云蔽天的时候你照得它通亮;

同样的我对黑夜也极力奉承,

星不眨眼的时候你把它镀成金的一样。

但是白昼一天天的把我的愁苦拖长,

夜晚每晚都更加重我的悲伤。

*摘自《莎士比亚全集》,梁实秋译,台湾远东图书公司,1986年

第十八篇

可是,每当我想到你,亲爱的朋友
失去的一切回复原样,悲伤亦止步于过往
——莎士比亚十四行诗第 30 首

莎士比亚十四行诗第 30 首,从第一句开始读,滚滚君就觉得有一股"凄凄惨惨戚戚"的悲风自莫名黑洞中刮来。说它是情诗,仿佛不是,感觉像是怨妇在碎碎念。但读到最后两句,滚滚君不得不佩服莎大叔的高明,前面一二三四五六七八句写得这样那样的凄惨辛酸嘤嘤嘤,原来只是为了告白自己,衬托基友的无可替代啊!

莎士比亚十四行诗第 30 首／滚滚君译

每当我召唤逝去的过往，
甜蜜的默想至我身旁。
我感叹所求之不得，
旧愁未逝，又哭荒废的时光。
请允许我干涸的双眼热泪盈眶，
因挚友已隐匿死神无边的夜晚。
请允许我重新悲泣，为尘封的爱之忧伤，
请允许我哀哀悲啼，为无数次告别代价的高昂。
请允许我为逝去的悲痛感伤，
将伤痛一一细看，
将伤口重新端详，
将代价重新偿还，仿佛从未偿付一般。
可是，每当我想到你，亲爱的朋友，
失去的一切回复原样，悲伤亦止步于过往。

可是，每当我想到你，亲爱的朋友失去的一切回复原样，悲伤亦止步于过往

Sonnet 30

When to the sessions of sweet silent thought
I summon up remembrance of things past,
I sigh the lack of many a thing I sought,
And with old woes new wail my dear time's waste:
Then can I drown an eye, unused to flow,
For precious friends hid in death's dateless night,
And weep afresh love's long since cancell'd woe,
And moan the expense of many a vanish'd sight:
Then can I grieve at grievances foregone,
And heavily from woe to woe tell o'er
The sad account of fore-bemoaned moan,
Which I new pay as if not paid before.
But if the while I think on thee, dear friend,
All losses are restor'd and sorrows end.

莎士比亚十四行诗第 30 首，从第一句开始读，滚滚君就觉得有一股"凄凄惨惨戚戚"的悲风自莫名黑洞中刮来。说它是情诗，仿佛不是，感觉像是怨妇在碎碎念。但读到最后两句，滚滚君不得不佩服莎大叔的高明，前面一二三四五六七八句写得这样那样的凄惨辛酸嘤嘤嘤，原来只是为了告白自己，衬托基友的无可替代啊！

And weep afresh love's long since cancell'd woe,
And moan the expense of many a vanish'd sight:

滚滚君译：

请允许我重新悲泣，为尘封的爱之忧伤，
请允许我哀哀悲啼，为无数次告别代价的高昂。

滚滚君在译这两句诗时，被字词间凝结的辛酸打动。这样的两句诗，简直就是悲催汪情感历程的精彩写照啊喂！那份浓郁的酸爽，怎一个"催人泪下"了得（请允许某滚挥洒下一二三滴不存在的热泪）。滚滚君婆娑着泪眼，不觉已读到全诗最后两句：

But if the while I think on thee, dear friend,

All losses are restor'd and sorrows end.

滚滚君译：

可是，每当我想到你，亲爱的朋友，
失去的一切回复原样，悲伤亦止步于过往。

阳光总在风雨后，好基友简直就是专治各种不孕不育的良药！滚滚君必须给莎大叔点个赞。最后这两句的妙处，滚滚君以为，在于用简洁的文字不动声色地表达了对基友深沉的爱意。有些时候，简单的表白最是动人心弦。

名家译诗欣赏

莎士比亚十四行诗第30首／梁宗岱译
当我传唤对已往事物的记忆
出庭于那馨香的默想的公堂，
我不禁为命中许多缺陷叹息，
带着旧恨，重新哭蹉跎的时光；
于是我可以淹没那枯涸的眼，
为了那些长埋在夜台的亲朋，

哀悼着许多音容俱渺的美艳,
痛哭那情爱久已勾销的哀痛:
于是我为过去的惆怅而惆怅,
并且一一细算,从痛苦到痛苦,
那许多呜咽过的呜咽的旧账,
仿佛还未付过,现在又来偿付。
但是只要那刻我想起你,挚友,
损失全收回,悲哀也化为乌有。

*摘自《莎士比亚十四行诗全集》,梁宗岱译,四川人民出版社,1983 年

莎士比亚十四行诗第 30 首 / 辜正坤译

我有时醉心于沉思默想,
把过往的事物细细品尝;
我慨叹许多未曾如愿之事,
旧恨新愁使我痛悼蹉跎的时光。
不轻弹的热泪挤满我的双眼,
我恸哭亲朋长眠于永夜的孤魂,
叹多少故人旧物如逝水难追,
勾起我伤怀久已诀别的风情。
忱心再起为的是流年遗恨,
旧绪重翻件件令我愁锁心庭。
有多少伤心事如旧债难数,

今日重了账,仿佛当时未还清。
但只要此刻我想到了你,朋友,
损失全挽回,愁云恨雾顿时收。

*摘自《莎士比亚十四行诗》,辜正坤译,北京大学出版社,1998年

第十九篇

> 那些我曾爱过的身影,如今都是你
> 你是他们的化身,完全俘获我的真心
> ——莎士比亚十四行诗第31首

莎士比亚十四行诗第31首,滚滚君读来,感觉有万千玫瑰盛开。唐诗曰:后宫佳丽三千人,三千宠爱在一身。换成莎大叔的十四行,那就是:

那些我曾爱过的身影,如今都是你,
你是他们的化身,完全俘获我的真心。

莎士比亚十四行诗第31首／滚滚君译

你的心缱绻着芳心朵朵,
我寻芳不得,以为他们早已零落。
你的心为爱神支配,芳影重重,
我以为逝去的挚友,竟悉数徘徊你心冢。
多少圣洁又殷勤的热泪,
因着神圣的爱曾溢出我的眼眶。
那些对亡灵的祭奠,如今回望,
只是离开了我,躲藏进你心房。
你是孤坟一座,我逝去的爱人在你身上苏醒,
你翩翩的气质,让我回想起往日的甜蜜。
我全部的爱,他们已悉数转赠与你,
曾由众人分享的情,从此由你独据。
那些我曾爱过的身影,如今都是你,
你是他们的化身,完全俘获我的真心。

那些我曾爱过的身影，如今都是你

你是他们的化身，完全俘获我的真心

Sonnet 31

Thy bosom is endeared with all hearts,

Which I by lacking have supposed dead;

And there reigns Love, and all Love's loving parts,

And all those friends which I thought buried.

How many a holy and obsequious tear

Hath dear religious love stol'n from mine eye,

As interest of the dead, which now appear

But things remov'd that hidden in thee lie!

Thou art the grave where buried love doth live,

Hung with the trophies of my lovers gone,

Who all their parts of me to thee did give,

That due of many now is thine alone:

Their images I lov'd, I view in thee,

And thou (all they) hast all the all of me.

莎士比亚十四行诗第 31 首,这首十四行译完,滚滚君以为自己的译功又上了一层楼。先看头四行:

Thy bosom is endeared with all hearts,
Which I by lacking have supposed dead;
And there reigns Love, and all Love's loving parts,
And all those friends which I thought buried.

滚滚君译:

你的心缱绻着芳心朵朵,
我寻芳不得,以为他们早已零落。
你的心为爱神支配,芳影重重,
我以为逝去的挚友,竟悉数徘徊你心塚。

梁宗岱教授译:

你的胸怀有了那些心而越可亲,
它们的消逝我只道已经死去;
原来爱,和爱的一切可爱部分,
和埋掉的友谊都在你怀里藏住。

曹明伦教授译：

你的心因众心所爱而更可爱，
我本以为消逝的众心已死去，
原来爱和爱之美质藏你胸怀，
我以为已埋的朋友在你心底。

诗意这东西，滚滚君谦虚地以为，只可意会，不可言传（大滚滚你个骗子！）。莎氏的十四行，译者心中若无诗意，译出的文字可能偏晦涩无趣，比如老师们的译，滚滚君读着读着，几乎蒙圈儿，不知老师们云山雾罩的在说什么。So，滚滚君很不谦虚地挥挥不存在的衣袖，随便译译。特别推荐的是最后两行：

Their images I lov'd, I view in thee,
And thou (all they) hast all the all of me.

滚滚君译：

那些我曾爱过的身影，如今都是你，
你是他们的化身，完全俘获我的真心。

这是多么简单美好又深情的告白？！你爱过甲乙丙丁、隔壁老王、Mary、Sally、Ivory（感觉关系十分混乱有没有？）……但那又有什么关系？！你若赠我如斯深情，所有的过往皆为浮云（这是怎样的一枚文艺癌重症患者？嗯？！）。

名家译诗欣赏

莎士比亚十四行诗第31首／梁宗岱译
你的胸怀有了那些心而越可亲，
它们的消逝我只道已经死去；
原来爱，和爱的一切可爱部分，
和埋掉的友谊都在你怀里藏住。
多少为哀思而流的圣洁泪珠
那虔诚的爱曾从我眼睛偷取
去祭奠死者！我现在才恍然大悟：
他们只离开我去住在你的心里。
你是座收藏已往恩情的芳塚，
满挂着死去的情人的纪念牌，
他们把我的馈赠尽向你呈贡，
你独自享受许多人应得的爱。
在你身上我瞥见他们的倩影，

而你,他们的总和,尽有我的心。

*摘自《莎士比亚十四行诗全集》,梁宗岱译,四川人民出版社,1983年

莎士比亚十四行诗第31首/曹明伦译

你的心因众心所爱而更可爱,
我本以为消逝的众心已死去,
原来爱和爱之美质藏你胸怀,
我以为已埋的朋友在你心底。
有多少伤逝悼亡的圣洁泪珠
曾从我眼里偷出虔诚的柔情,
用以祭奠死者,可亡人失物
如今似乎全都在你心中隐存!
你原来是座藏情纳爱的坟墓,
缀满我昔日爱友的遗琴坠展,
他们把我献的祭品向你奉出:
而今你独享众人应得的爱意。
我在你身上看见了他们的身影,
你是他们全体,拥有我整颗心。

*摘自《莎士比亚十四行诗全集》,曹明伦译,漓江出版社,1995年

第二十篇

所有的白昼皆长夜,直到我双眼望见你
所有的暗夜皆光明,当你来临我的梦境

——莎士比亚十四行诗第43首

莎士比亚十四行诗第43首,滚滚君一句句读来,想起两句古诗:"情人怨遥夜,竟夕起相思"。相聚的情人嫌夜短,两地的恋人怨夜长。莎大叔在他的十四行里这样写下自己的深情:

所有的白昼皆长夜,直到我双眼望见你,
所有的暗夜皆光明,当你来临我的梦境。

莎士比亚十四行诗第43首／滚滚君译

沉睡中,我双眼如镜。
白昼所见皆浮云,
睡梦中,我凝望你。
黑夜中的你,予我双眼光明,
明亮身影,映照暗夜森森的阴。
我的梦里,你的身形多么熠熠,
待天色明亮,光线清晰,
它将何其明丽欢欣!
静谧的夜,引你缺憾的影,
越沉沉睡意,停驻我梦境。
若我的眼,能在白昼凝望你;
我要说,那是何等的荣幸!
所有的白昼皆长夜,直到我双眼望见你,
所有的暗夜皆光明,当你来临我的梦境。

静谧的夜,引你缺憾的影

越沉沉睡意,停驻我梦境

Sonnet 43

When most I wink, then do mine eyes best see,

For all the day they view things unrespected;

But when I sleep, in dreams they look on thee,

And darkly bright, are bright in dark directed.

Then thou, whose shadow shadows doth make bright,

How would thy shadow's form form happy show

To the clear day with thy much clearer light,

When to unseeing eyes thy shade shines so!

How would, I say, mine eyes be blessed made

By looking on thee in the living day,

When in dead night thy fair imperfect shade

Through heavy sleep on sightless eyes doth stay!

All days are nights to see till I see thee,

And nights bright days when dreams do show thee me.

莎士比亚十四行诗第43首,滚滚君一句句读来,想起两句古诗:"情人怨遥夜,竟夕起相思"。相聚的情人嫌夜短,两地的恋人怨夜长。莎大叔在他的十四行里这样写下自己的深情:

所有的白昼皆长夜,直到我双眼望见你,
所有的暗夜皆光明,当你来临我的梦境。

这首十四行,滚滚君一边译一边夸自己脑洞大。头三行:

When most I wink, then do mine eyes best see,
For all the day they view things unrespected;
But when I sleep, in dreams they look on thee,

滚滚君译:

沉睡中,我双眼如镜。
白昼所见皆浮云,
睡梦中,我凝望你。

曹明伦教授译:

我眼睛闭得越紧就看得越清晰,

因为它们白天所见都极其平常；
而当我入睡，它们在梦中看你，

这首十四行，如果依曹明伦教授那样四平八稳的直译法来译，字词间的诗意恐怕要荡然无存。优秀的英文诗歌，滚滚君以为，最难译的应该是意境。这与画人物肖像是一个道理：绘眉眼易，绘神难（感觉某滚又要开始自我吹嘘胡乱拽……）。在滚滚君眼中，莎氏十四行英文原诗是极美的，字词间闪烁着内敛的优雅与深情，可谓情诗中的经典。但如何译出英文字词的种种美好，仿佛是个问题？

名家译诗欣赏

莎士比亚十四行诗第43首／曹明伦译
我眼睛闭得越紧就看得越清晰，
因为它们白天所见都极其平常；
而当我入睡，它们在梦中看你，
遮暗的目光便被引向黑暗之光。
可既然你的身影能够照亮黑暗，
让紧闭的眼睛也感到灿烂辉煌，
那但愿你身影之形体能在白天

用你更亮的光形成更美的形象!
我说既然在死寂的夜你的倩影
能穿透沉睡逗留于紧闭的睡眠,
那但愿我的眼睛被赐予这幸运
能在充满生气的白天把你看见!
若是看不见你,白天也像夜晚,
梦中与你相会,夜晚也是白天。

*摘自《莎士比亚十四行诗全集》,曹明伦译,漓江出版社,1995年

（京）新登字083号

图书在版编目（CIP）数据

穿越四百年来读你：莎士比亚十四行诗选读：爱之隽永／叶秀敏编译.
—北京：中国青年出版社，2016.3
ISBN 978-7-5153-4074-6

Ⅰ.①穿… Ⅱ.①叶… Ⅲ.①十四行诗－诗集－英国－中世纪
Ⅳ.①I561.23

中国版本图书馆CIP数据核字（2016）第032766号

责任编辑：李文华
装帧设计：瞿中华
图片赞助：高一媛　萧晓晖

出版发行：中国青年出版社
社址：北京东四12条21号
邮政编码：100708
网址：www.cyp.com.cn
编辑部电话：（010）57350520
门市部电话：（010）57350370
印刷：鸿博昊天科技有限公司
经销：新华书店
开本：787×1092　1／32
印张：7
字数：80千字
版次：2016年4月北京第1版
印次：2016年4月北京第1次印刷
定价：46.00元

本图书如有印装质量问题，请凭购书发票与质检部联系调换
联系电话：（010）57350337